Anna Herzog

Agalstra

Für Inken,
meine kleine Schauspielerin

ANNA HERZOG

Agalstra

Mit Illustrationen
von Frauke Maydorn

COPPENRATH

Erster Teil

Die Straße ans Ende der Welt

Leb so, wie du es für richtig hältst,
und geh, wohin dein Herz dich führt.
Das Leben ist ein Theaterstück
ohne vorherige Theaterproben.
Darum: Singe, lache, tanze und liebe!
Und lebe jeden einzelnen Augenblick
deines Lebens, bevor der Vorhang fällt
und das Theaterstück ohne Applaus zu Ende geht.

Charlie Chaplin

So viel Schnee wie in diesem Winter hatte das Land schon lange nicht mehr gesehen. Seit Tagen war er unablässig gefallen und hatte Felder, Tannen und Dächer unter sich begraben, sodass es aussah, als hätte die Erde sich in Wolken gewickelt. Die Menschen aßen die Vorräte in ihren Kellern auf, denn die Wege waren unter dem Schnee verloren gegangen, und manch einer konnte die Tür nicht mehr öffnen, um das Haus zu verlassen. Das Vieh schrie in den Ställen.

Und dann hatte es abrupt aufgehört zu schneien und die Kälte war über die Felder gekrochen, eine klirrende Kälte, klar und hart wie der weite Himmel. Unter der weißen Decke knackte das Eis, und in der Dunkelheit funkelte das Land, als sei das Mondlicht selbst gefroren und auf die Erde hinabgefallen in Milliarden und Milliarden feinster Brillanten.

Es war in der letzten der großen Raunächte, dieser dunklen Nächte vor dem Dreikönigstag, in denen die Menschen zusammenrücken und Zauber und Zukunft in der Luft liegen. Die Nacht atmete und lauschte, ja, ich weiß noch, wie sehr sie lauschte in die große Stille hinein. Weiß war die Welt, weiß und schwarz, wie das Gute und das Böse in jeder Kreatur …

Und endlich! Ein leises Knirschen. Leichte Schritte im Wald, der von oben aussah, als hülle das Mondlicht ihn ein und nichts dringe je in sein dunkles Inneres.

Eine kleine Gestalt löste sich nun aus dem Schatten der Bäume, um ihren eigenen kleinen Schatten vor sich her zu schieben. Es war ein Kind, ob ein Junge oder ein Mädchen, vermochte ich nicht zu sagen. Tapfer wühlte es sich durch die erste Schneewehe, sie ging ihm bis zum Bauch.

So ein kleines Kind.

Die Sterne sahen zu.

Als es sich durch die zweite Wehe quälte, da sah ich es: Ein zweiter Schatten trat in das Mondlicht, ein größerer diesmal. Zielstrebig folgte er der Spur des Kindes. Und in dem erbarmungslosen Frost glühten und froren meine Glieder, als würden Sonne und Mond gleichzeitig scheinen – weißer Tag, schwarze Nacht.

All diese Erinnerungen … wie offene Wunden trug ich sie in mir, so lange Zeit. Und ich hatte die Hoffnung, dass sie je heilen würden, schon aufgegeben. Bis eines Tages, an einem schwülen Sommertag …

1. Kapitel

An einem schwülen Sommertag marschierten drei Gestalten über die dunstigen Höhen des hügeligen Landes: ein Mädchen mit abgewetzten Wanderstiefeln, einem riesigen, gestreiften Herrenhemd und kurzen dunklen Haaren – die aussahen, als hätte sie jemand sehr Kleines mit einer Bastelschere geschnitten (was im Übrigen der Wahrheit entsprach) und als hätte derjenige noch nie etwas von „Frisur" gehört (was auch stimmte). Außerdem ein Mann mit einem graubraunen, dünnen Zopf, einer erstaunlich langen Nase und einem ausgesprochen abwesenden Gesichtsausdruck. Und schließlich ein kleiner Junge mit sonnigen Locken und weißen Turnschuhen, auf die jemand mit Edding Adidas-Streifen gemalt hatte (derselbe, der nicht so gut mit Bastelscheren umgehen konnte).

Während der Mann und der kleine Junge damit beschäftigt waren, beim Gehen mit den Füßen möglichst viel Staub aufzuwirbeln, hing das Mädchen zurück. Es sah müde und durstig aus.

„Wie … weit … noch?“, hätte Merle, denn so hieß das Mädchen, am liebsten gerufen. Aber sie war ja kein kleines Kind mehr, so wie ihr Bruder. Die Luft schmeckte nach reifem Korn und Merle rieb sich zum wiederholten Male die Augen.

„Könnt ihr vielleicht mal die Füße hochheben?“ Nicht dass ihr Rufen irgendetwas änderte; Papa und Felix hörten wie immer einfach nicht zu. Staub störte Papa nicht, er spürte ihn nicht einmal. Hitze übrigens auch nicht. Mückenstiche? Fehlanzeige. Manchmal fragte sich Merle, wie ihr Vater es geschafft hatte, erwachsen zu werden. Er lebte in seinem Kopf – und dieser Kopf brütete ständig irgendwelche Ideen aus, von denen manche *nur* gefährlich waren. Andere dafür *sehr* gefährlich. Kurz: Freundliche Menschen nannten ihn einen Abenteurer.

Jetzt blieb Felix stehen. Er bückte sich so tief, dass seine Nase fast in den Pflanzen am Wegrand verschwand, und zuckte gleich darauf quietschend hoch. Merle grinste. Springkraut. Die ersten Schoten waren jetzt reif und explodierten unter den Fingern, wenn man sie berührte.

„Papa, ich muss mal eben, okay?“, rief sie und schlug sich, ohne eine Antwort abzuwarten, in die Büsche. Haselnuss, Weißdorn und Schlehe – sie versuchte, sich an den Dornen vorbeizudrücken, und wischte sich mit dem Unterarm das verklebte Haar aus der Stirn.

Puuh, es war so schwül!

Merle nestelte am Knopf ihrer Hose. Fliegen, einzelne Hummeln und Bienen summten über die Weiden. Am Horizont quollen die Wolken zu gigantischen Marshmallow-Gebirgen auf und hügelwärts schraubten sich ein paar Lerchen in die Luft. Mit den Augen suchte Merle die Weide ab. War die dicke Kuh dahinten etwa … ein … Stier?

Ihre Finger fielen in Galopp.

Merle liebte Tiere, aber vor Stieren hatte sie Respekt, besonders, wenn sich zwischen ihr und so einem Fleischklops nur ein bisschen Stacheldraht und ein paar klägliche Zaunpfähle befanden. Doch da …

… sah sie die Burg.

Das Land warf hier weite, immer höher ansteigende Wellen, und die Burg thronte in der Ferne wie ein Steinadler, bereit, sich auf seine Beute zu stürzen. In ihrer Mitte ragte ein Turm auf und rechts und links breitete sich die Burgmauer aus wie zwei gespannte dunkle Flügel. Merle hielt den Atem an.

Das musste sie sein! Mamas Burg!

So viele Geschichten hatte sie über die Burg gehört, erst von Mama und dann – später – von Papa …

Über dem Hügel kochten die Wolken in allen Grau- und Lilatönen, verdeckten die trübe Sonne und schoben ein dumpfes Grummeln vor sich her.

Merle zuckte zusammen. Ein Gewitter! Sie mussten im Tal sein, bevor es sie erreichte, sonst konnte Papas Kopf etwas erleben, und ihrer übrigens auch, schließlich waren sie hier die höchsten Punkte weit und breit: eine fette Einladung für Blitze.

Fertig! Sie schlug zwei blutgierige Mücken von ihrem Unterarm und rannte los, Papa und Felix hinterher. Nicht mehr lang, dann würde sie die Mauern der Burg endlich von innen sehen, um die herum Mama so viele Geschichten gesponnen hatte, abends, vor langer Zeit, im Schein von Merles Tigerenten-Nachttischlampe.

Merle hatte sich abgewöhnt, beim Gedanken an Mama zu weinen – es war einfach zu lange her: Mamas Krankheit, Papas graues Gesicht, seine roten Augen … Felix war noch fast ein Baby gewesen. Merle schüttelte kurz den Kopf, wie jedes Mal, wenn sie an Mama dachte. Es war ein Tick von ihr geworden, den sie gar nicht mehr bemerkte, als ob sie die Gedanken an ihre Mutter aus ihrem Gedächtnis schütteln wollte.

Hier jedenfalls war Mama Kind gewesen, auf diesen grünen Hügeln, ganz in der Nähe der Burg. Und hier hatte sie sich das erste Mal ein Bein gebrochen, als sie versucht hatte, die Burgmauer hinaufzuklettern – und abgestürzt war. Aber Mama war zäh gewesen. Sie hatte das Klettern gelernt. Und kurz bevor sie mit ihrer Familie weggezogen war, hatte sie es endlich geschafft. Nur um festzustellen, dass das erste Fenster, das sie erreichte, in das Schlafzimmer des Burggrafen führte … mit einem wunderbaren Blick auf einen wütenden Grafen.

Einen *sehr* wütenden Grafen.

Mama hatte die Geschichte oft erzählt, und jedes Mal war der Graf wütender geworden, Merle musste grinsen, als die Schlehendornen ihr ein weiteres Mal die Arme zerkratzten.

Der Weg war leer. Merle rannte schneller. Wo waren die anderen, verflixt noch mal? Sie konnten doch nicht …

„Merle!"

Da, uff! Sie warteten an einer Wegkreuzung, halb verdeckt vom Mais. „Los, los! Mit achtundsiebzigprozentiger Wahrscheinlichkeit zieht das Gewitter direkt hier herüber!", rief ihr Vater begeistert.

Echt?! Umwelt an Papa, Umwelt an Papa: „He, ich werde gleich gefährlich!" Papa an Umwelt: „Wie meinst du das genau? Kannst du mal Wahrscheinlichkeiten nennen?"

Das Gemurmel am Himmel ging immer deutlicher in ein Gerumpel über, das klang, als ob jemand Möbelstücke umwarf. Die achtundsiebzig Prozent Wahrscheinlichkeit wurden plötzlich *sehr* wahrscheinlich.

„Hier lang geht es direkt ins Tal hinunter!", rief Papa. Und sobald Merle ihn und Felix erreicht hatte, stürmten sie alle drei den Weg hinab, dass die Rucksäcke auf ihren Rücken hüpften. Donner begleitete sie wie Musik. Felix, der große Angst vor Gewitter hatte („dann geht das Herz kaputt!"), rannte wie ein Hase. Sturmstöße peitschten den Mais und erste verirrte Tropfen trafen Merles heiße Stirn.

Auf halbem Weg wandte sie den Kopf, um ein letztes Mal zur Hügelkuppe hinaufzusehen. Eine einsame Krähe taumelte weit hinten über der Burg im Sturm – warum nur hatte sie sich nicht rechtzeitig in Sicherheit gebracht? Und dann schlugen lautlos, weil der Sturm alle Geräusche mit sich fortriss, zwei Blitze in den Burgturm ein, und Merle schloss geblendet die Augen. Als sie sie wieder öffnete, war die Krähe verschwunden. Dafür aber wanderte der Regen wie ein trauriger Himmelsschleier über die Hügel, und Merle hoffte, dass wenigstens die altersschwachen Rucksäcke dicht hielten, wenn ihre Klamotten schon nicht trocken blieben.

„Das ist wirklich nett, dass Sie uns mitgenommen haben", sagte Papa jetzt bestimmt schon zum dritten Mal.

Und schon zum dritten Mal nickte der riesige alte Mann hinter dem Steuer. Sein Bart reichte ihm fast bis zur Brust. Er schien nicht sehr gesprächig zu sein – im Gegensatz zu Papa.

Merle auf der zerschlissenen Rückbank stupste Felix an und beide kicherten leise. Zu ihren Füßen hatten sich Pfützen gebildet, während es draußen nur noch tröpfelte. Über das Tal spannte sich ein herrlicher Regenbogen, und die Straße hinter ihnen glänzte in den ersten frisch gewaschenen Sonnenstrahlen, als sei sie aus purem Gold.

„Papa, sieh mal", sagte Merle, „die Straße zum Ende des Regenbogens!"

Der alte Mann drehte sich zu ihr um und zum ersten Mal lächelte er; jedenfalls soweit man das durch seinen Bart beurteilen konnte.

„Jede Straße führt ans Ende der Welt."

„Das klingt total schön", sagte Merle überrascht.

Jetzt lachte der Alte. „Das ist nicht von mir, das ist von Friedrich Schiller – meinem Namenspatron."

Merles Augen wurden weit. „Heißen Sie echt Friedrich Schiller?"

Der alte Mann nickte nur. „Hat mir nicht viel geholfen", brummelte er. Und dann: „Auf der Burg gibt es diesen Sommer wieder so einen Theater-…", er kratzte sich mit der einen Hand am Kopf, wobei er die andere glücklicherweise am Lenkrad ließ, „…workshop."

Merle stülpte die Lippen nach innen, damit man ihr Grinsen nicht sah. Wörkschopp – der alte Mann konnte wohl kein Englisch.

„Da habe ich die Kinder angemeldet", stieß Papa auf dem Beifahrersitz aus, während er sich an der Türverkleidung festhielt, denn die Straße kletterte jetzt in steilen Serpentinen den Berg hinauf, und Herr Schiller fuhr sein altes Auto sehr sportlich.

Merle seufzte innerlich. Ja, da hatte Papa sie und Felix in der Tat angemeldet, obwohl Merle auf Theaterspielen ungefähr so viel Lust hatte wie auf Balletttanzen: nämlich gar keine. Sie würde auf der Bühne wahrscheinlich kein Wort herausbringen vor Verlegenheit. Aber Felix hatte diesen „Wörkschopp“ auf dem Sommerfest der Grundschule gewonnen, bei dem großen Glücksrad, das dort jedes Jahr aufgebaut wurde; und allein durfte er nicht hinfahren, er war mit seinen fast sieben Jahren einfach noch zu klein, fand Papa. Deshalb hatte er sein gesamtes Geld zusammengekratzt, damit Merle mitfahren konnte, „in das Land deiner Vorväter“, hatte er zufrieden ausgerufen. Ihr reichte *ein* Vorvater. Und außerdem war es ja wohl das Dorf ihrer Mutter.

„Gibt es eigentlich den alten Grafen noch?“, fragte Papa jetzt. Und machte „Uff“ in der nächsten Kurve, als er an die Tür gepresst wurde und Merle einen wunderbaren Blick über das ganze goldene Tal hatte.

„Hm“, brummte Friedrich Schiller.

„Tatsächlich?“, fragte Papa erschreckt und Merle fühlte tief in sich die Vorfreude wachsen.

Als sie auf dem Parkplatz vor der Burg ankamen, war selbst Merles abgeschnittene Jeans wieder nahezu trocken.

„Vielen Dank“, sagte Papa zum niemand-wusstemehr-wievielten Male. „Wohnen Sie eigentlich in der Nähe?“

Der Alte nickte nur. Doch als Papa erst sich und dann Felix die Tür öffnete und Merle nach ihrem feuchten Rucksack angelte, spürte sie plötzlich, wie jemand sie am Ärmel festhielt. Sie blickte auf und sah in zwei wasserblaue Augen mit erstaunlich dunklen Augenbrauen darüber.

„Und wenn du den Eindruck hast, dass das Leben Theater ist, dann such dir eine Rolle aus, die dir so richtig Spaß macht", flüsterte der Alte. Er lächelte.

Merle zog verlegen die Schultern hoch.

„William Shakespeare", sagte Friedrich Schiller, aber anstatt sie endlich loszulassen, ruhte sein Blick auf dem kleinen Muttermal in ihrem linken Augenwinkel.

Merle kannte diesen Blick, es war ja schließlich auch kein sehr alltägliches Mal. Ein paar winzige Äderchen hatten sich entschlossen, sich dort zu treffen und einen kleinen, fliegenden Vogel zu formen.

„Das Muttermal hab ich seit meiner Geburt", erklärte sie, bevor er fragen konnte, und endlich gab der Alte sie frei.

Erleichtert riss Merle die Autotür auf, sprang ins Freie und schlüpfte in die Rucksackträger. Der Jeep röhrte auf, und Merle spürte Steinchen an ihre nackten Unterschenkel spritzen, als er wendete, um die Straße wieder hinabzufahren. Sie sah dem Wagen nicht nach. Stattdessen wanderte ihr Blick an der hoch aufragenden, mit Efeu und wildem Wein bewachsenen Feldsteinmauer hinauf, über der das Fachwerk der Burg begann. In ihrem Magen kribbelte es. Mannmann, da war Mama hinaufgeklettert?

„Untersteh dich, ihr das nachzumachen!“, flüsterte Papa ihr zu. Merle grinste ihn nur an und zurrte den Rucksack fester.

Die Burg sah viel freundlicher aus als vorhin von der Hügelkuppe aus, im Schatten des Gewitters. Etwas den Berg hinab, unterhalb des Parkplatzes, drängelten sich hutzelige Fachwerkhäuschen wie ein Haufen Küken in der Nähe der Glucke.

„Guck mal, da gibt es bestimmt Süßigkeiten!“ Felix zog Merle am Ärmel. Sie sah hinüber: Irgendwo zwischen den Häusern war die Markise eines Kioskes zu erkennen. Puh, der Schokoladennachschub war gerettet! Die meisten Ferienfreizeiten, die Merle kannte, stellten eindeutig nicht genügend Schokolade zur Verfügung, vor allem nicht genug von ihrer Lieblingsschokolade.

Sie sah sich um und atmete zufrieden ein: so viel Natur! Ein Eichhörnchen rannte über den Parkplatz, schwang sich in einen Haselnussbusch und sprang von dort in die Eiche, die den Platz beschattete. Etwas hügelaufwärts fing der Wald an, sich über die Bergkuppen auszubreiten. Merle würde Vögel bestimmen können, und vielleicht wuchs hier auch diese seltene Orchidee, von der Papa gesprochen hatte: Frauenschuh.

Zehn Tage in einer uralten Burg lagen vor ihr – in Mamas mittelalterlicher Burg! Mit – offensichtlich – Mamas mittelalterlichem Grafen …

„Da werdet ihr wenig zu lachen haben", murmelte Papa.

Merle grinste. „Kommt darauf an, ob die anderen hier nett sind."

Und Papa nickte nachdenklich. „Auch wieder."

2. Kapitel

Nicht allzu weit entfernt zog Friedrich Schiller die Handbremse an und stieg aus. Weil es sich um ein altes Auto mit einer ebenfalls in die Jahre gekommenen Handbremse handelte, legte er sorgfältig zwei Holzkeile unter die Hinterräder, denn die Straße war abschüssig. Die Glastür klemmte wie immer, und die Ladenklingel bimmelte hektisch, als er den dunklen Raum betrat. Nach zwei Schritten blieb er stehen, die Tür fiel hinter ihm wieder ins Schloss, und der alte Mann verharrte in sich gekehrt, als habe er etwas vergessen. Im Hintergrund, aus einem Zimmer irgendwo in der Tiefe des Hauses, tickte eine Uhr und es roch geheimnisvoll nach warmem Karamell.

Der Schrei traf ihn unvorbereitet, wie so oft, sodass er einen richtigen Hüpfer machte.

„WO WARST DU?! WO? WO? WO?“

Tief atmete Friedrich aus und wartete, bis sein Herz sich etwas beruhigte. Dann strich er sich langsam durch seinen Bart. „Im Tal“, sagte er.

„WO?“

„Einkaufen. Und ich habe eine Familie wieder mit hinaufgenommen. Weißt du, irgendetwas beunruhigt mich dabei.“

Diesmal blieb es still im Raum.

„Willst du es gar nicht wissen? Du nimmst doch sonst an allem Anteil.“

Keine Reaktion.

Friedrich schüttelte den Kopf. „Ich sage es dir trotzdem“, verkündete er. „Es ist das Mädchen. Sie hat … sie ist … Ich weiß nicht.“ Er seufzte. „Sie erinnert mich an etwas. Nur: an was?“

„DU ALTER MANN!“

Friedrich runzelte die Stirn. „Musst du mir das immer wieder ins Gedächtnis rufen?“, grummelte er.

Um die Burg zog sich ein ausgetrockneter Graben voller Brennnesseln, Disteln und Pusteblumen, eine Steinbrücke führte hinüber, und gleich dahinter wölbte sich das Tor, durch das Papa und Felix jetzt hindurchschritten. Denn durch ein solches uraltes Burgtor kann man nur schreiten, einfaches Gehen ist ausgeschlossen.

Merle blieb davor stehen. Genau über dem höchsten Punkt des Bogens stand etwas in den Putz eingraviert – in einer verschnörkelten Schrift, Merle konnte nur ein einzelnes Wort erkennen: „Gesmaehet“ oder so, der Rest blieb unter dem Efeu, der überall wucherte, verborgen.

„Klingt wie Elbensprache“, sagte sie überrascht. „Sieht auch aus wie Elbenschrift …“

Aber da ihr niemand zuhörte, weil Papa und Felix schon den Hof erreicht hatten, lief sie ihnen hinterher. Vielleicht konnte sie es ja später einmal entziffern.

Im Burghof war ein Tisch aufgebaut, hinter dem ein junger Mann mit einem fusseligen blonden Bart und eine junge Frau mit Septumpiercing und Textmarkeraugenbrauen saßen und Formulare ausfüllten. Bestimmt die Betreuer. Merle musterte sie: Sie sahen ganz brauchbar aus. Also nicht, als würden sie nachts die Flure mit Horrorclownmasken entlangtigern, um zu verhindern, dass jemand sich in ein falsches Zimmer verirrte. Oder morgens früh um sieben „The evil that men do“ von Iron Maiden voll aufdrehen, um anschließend beim Frühstück „Hallo, ihr Lieben, wollt ihr wissen, was der Plan für heute ist?“ zu jauchzen. So wie die Betreuer auf der letzten Ferienfreizeit.

„Ich glaube, ihr müsst euch hier registrieren lassen.“

„Nee, echt?“ Merle rollte mit den Augen in Papas Richtung. Wer von ihnen besuchte hier eigentlich regelmäßig Ferienfreizeiten? Jedenfalls die kostenlosen von der Kirche oder die von der „Ferienmeise“, dem Sommerferienprogramm der Arbeiterwohlfahrt in ihrer Stadt.

Aber sie stellte sich an den Tisch, mit Felix an der Hand, während Papa sich an die Mauer lehnte und mit einem halben Lächeln um die Lippen den Burghof betrachtete.

„Merle, meinst du, in dem Turm da kann man auch schlafen?", flüsterte ihr kleiner Bruder und hüpfte neben ihr auf und nieder.

Merle sah zum Turm hinauf. Ganz oben, auf seiner Spitze, dunkel gegen die immer noch majestätischen Wolken, saß ein Vogel, vielleicht eine Krähe. Merle zuckte die Schultern. „Pff, schon möglich. Oder es ist bloß das Treppenhaus."

Als ihr Blick die Mauer wieder hinabgewandert war, traf er auf den eines Jungen, der seinen Kopf gerade aus einer der Türen steckte. Wahrscheinlich wollte er irgendjemanden irgendetwas fragen, aber stattdessen sah er sie an und Merle senkte schnell den Blick.

Was für ein komischer Typ!

Als sie sich traute, wieder hinzusehen, war der Junge verschwunden.

„Und ihr?" Das Mädchen mit dem Nasenring hatte blonde Haare, aber braune Augen. Bei den Kindern vor ihnen hatte sie sie noch mit der Hand beschirmt; jetzt war das nicht mehr nötig, denn der Burghof lag im Schatten.

„Wie heißt ihr?", fragte sie, senkte den Kopf und fuhr mit dem Zeigefinger die Liste entlang. „Seid ihr Wladimir Puschkin oder Merle und Felix Paulsen?"

Sie grinste über ihren eigenen Witz und machte Haken an ihre Namen. „Ihr könnt eure Koffer schon mal raufbringen. Da drüben steht Sebastian, der weist euch gleich eure Räume zu. Am besten verabschiedet ihr euch jetzt von euren Eltern."

Sie nickte zu dem Typen mit dem kläglichen Bart hinüber, der jetzt neben Papa stand und sich offensichtlich bestens mit ihm unterhielt.

„Ach, und ich heiße Mareike", fügte sie hinzu und lächelte, und Merle sah, dass an ihrem linken Vorderzahn ein kleines Stück fehlte.

Der Abschied von Papa ging schnell, eine Umarmung, ein Kuss, Papa zeigte Felix eine Eidechse an der Mauer – schon lief er in seinem immer etwas schlingernden Schritt durch das Tor hinaus. Merle sah ihm nach. Hoffentlich würde er wieder jemanden finden, der ihn zurück ins Tal mitnahm, sonst hatte er eine weitere ausgiebige Wanderung vor sich …

Wenig später stiegen sie die Stufen in den Schlaftrakt hinauf, durch ein hallendes Treppenhaus, das aussah wie das im Einwohnermeldeamt, in dem sie gewesen waren, nachdem sie in die viel kleinere Wohnung umgezogen waren. Als Mama nicht mehr bei ihnen war … Merle ließ ihre Finger über den groben Stein der Wände gleiten, der sich anfühlte, als niste darin die träge Kälte aus vielen Jahrhunderten. Es roch so sehr nach Essen, dass ihr die Spucke im Mund zusammenlief.

Sebastian brachte Felix in ein Jungenzimmer, wo er schnell und fröhlich verschwand. Merle wunderte sich immer wieder, wie sehr er sich an Papa klammern konnte und wie unbekümmert er trotzdem war, wenn Papa wieder fortgegangen war.

Sie selbst kam in ein Mädchenzimmer, ein Stockwerk höher. Es war das letzte im Gang, die Fenster führten zum Tal hinaus, daher war es sonnig und … leer, puh. Die anderen waren wohl schon in den Speisesaal gegangen, der sich laut Sebastian im ersten Stock befand. Die Betten waren natürlich Etagenbetten, und zwar zwei, aus hellem Holz und mit harten Matratzen und natürlich waren die oberen Betten schon belegt. Ein pinker Schlafanzug lag sorgfältig ausgebreitet auf dem einen, auf dem anderen war der gesamte Inhalt eines Kulturbeutels verstreut mit deutlichem Schwerpunkt auf Mascara und Deospray.

In Merles Bauch bildete sich ein Knoten.

Okay, man konnte es nie wissen, man sollte keine Vorurteile haben – die *konnten* ja trotzdem nett sein. Sie warf ihren Rucksack auf das untere Bett am Fenster. Ihr Magen knurrte so laut, dass sie froh war, allein zu sein. Sie feuerte ihre Wanderstiefel in eine Zimmerecke und grub im Rucksack nach ihren Flipflops. Sie passten zwar weder in der Schuhgröße (neununddreißig und vierzig) noch im Design zusammen (einer zeigte Hochhäuser in New York, der andere Palmen) – was daran lag, dass sie aus zwei unterschiedlichen Paaren stammten –, aber immerhin waren es zwei. Und dann rannte sie laut klatschend die Treppe wieder hinunter, dorthin, wo es so wunderbar nach Essen roch.

Wenn man Burgen gut fand, haute einen der Speisesaal einfach aus den Flipflops. Merle bremste an der Schwelle ab und blieb gebannt stehen. Der Saal war lang gestreckt und hoch wie eine Kirche – mit Fenstern aus buntem Glas, die weit offen standen und schon die allererste Abendkühle hineinließen. Die Decke hoch über ihr lag im Schatten, dennoch konnte Merle erkennen, dass ein Kreuzgewölbe sie trug, über und über verziert. Gemalter Efeu und Blauregen rankten sich die Gewölberippen hinauf und in den Kappen wuchs dichter, dunkler Wald. Hinter und zwischen den Bäumen entdeckte Merle nach längerem Hinschauen Ritter und Drachen. Und dort, wo die Grate sich trafen, an den höchsten Punkten der Decke, breiteten Vögel ihre Flügel aus. Einen Adler sah Merle, eine Eule, eine Elster und … Hatte einer der Vögel etwa gerade seine Flügel bewegt?

Merle blinzelte, ihre Augen waren wohl noch von dem Staub auf den Hügeln gereizt. Nein, die Vögel hielten alle still, sie waren ja schließlich auch nur gemalt. In diesem Augenblick passierten kurz hintereinander drei Dinge:

- Ein Teller zerbarst auf dem alten Steinboden und mehrere klatschten.
- Jemand schrie laut: „Merle! Merle! Siehst du, *das* ist meine Schwester!", und
- Merle stellte fest, dass es nach Kartoffelsuppe roch.

Kartoffelsuppe gehörte zu Merles fünf absoluten Lieblingsessen. Nummer drei von oben auf der Liste. Gleich hinter Bratkartoffeln mit Spiegelei.

Und Merle hatte Hunger. Viel Hunger.

Im Hintergrund gab es so eine Art Büfett, wo ihr eine junge Frau mit langen grünen Haaren und Schürze mit einer wirklich großen Kelle Suppe auf den Teller gab und ein Stück Graubrot dazu.

Als Merle sich nur Sekunden später auf dem Stuhl neben Felix niederließ, fiel ihr Blick auf einen der Jungen am Tisch. Es war der Typ von vorhin, der aus dem Haus geschaut hatte, und bevor es Merle gelang, ihren Blick zu senken, hatte sie in die dunkelsten Augen geschaut, die sie jemals gesehen hatte.

Sie waren beinahe schwarz.

Als Merle wenig später die Tür zu ihrem Zimmer öffnete, nahm der Geruch nach Deo ihr fast den Atem. Die beiden Mädchen beachteten sie gar nicht. Das eine (blond, lange, seidig gebürstete Haare und schwarze, sehr lange Wimpern) sprühte Deo in die Luft und das andere (braune, halblange dünne Haare und zu hellen und zu viel Concealer im Gesicht) versuchte, der Blonden das Deo zu entreißen. „Mann, Krissiiiie, lass das! Gib sofort mein Deo wieder her, sonst muss ich mir morgen schon wieder neues besorgen!"

Merles Herz sank. Sie blieb im Türrahmen stehen und versuchte, sich eine Strähne ihrer kurzen Haare um den Zeigefinger zu drehen. Doch es funktionierte nicht mehr, seit sie Felix neulich ein *LTB* vorgelesen hatte und Felix ihr dabei, ohne dass sie es gemerkt hatte, eine ganze Menge Haare abgeschnipselt hatte. Das war am Anfang der Ferien gewesen, bis sie wieder in die Schule gehen musste, war es noch lange hin; und weil es darum sowieso schon egal war, hatte sie Felix erlaubt, ihr die anderen Haare auch noch abzuschneiden.

Irgendwie war es cool. Oder nicht?

Der Blick des Mädchens aus der Conditionerwerbung fiel auf Merle. Es hörte tatsächlich sowohl zu kichern als auch zu sprühen auf.

„Hi", sagte Merle und versuchte, möglichst unbeteiligt zu wirken. „Ich bin Merle."

Das braunhaarige Mädchen betrachtete sie misstrauisch, aber die Blonde streckte die Hand aus und lächelte breit.

„Hi, ich bin Kris", sagte sie.

Merle kam sich komisch vor, doch sie gab Kris trotzdem die Hand. Als sie sie zurückzog, war sie feucht, und Kris, die sie genau beobachtet hatte, grinste.

Blöde Kuh, dachte Merle, aber sie hatte schließlich Übung mit Zicken. Seit der Grundschule schon.

„Ist das da dein Bett?" Merle zeigte auf den pinken Schlafanzug.

„Klar, oben! Wir waren schließlich zuerst hier."

„Okay …" Merle trat ans Fenster, und als sie sah, dass die Mädchen nicht guckten, rieb sie ihre Hand unauffällig an dem pinken Schlafanzug ab.

Draußen goss die untergehende Sonne ihr rotgoldenes Licht über die Hügel, das Tal lag schon im Schatten und aus den Wiesen stieg der erste Nebel auf.

Die Mädchen hinter ihr kicherten wieder. „Ist das hier dein … äh … wie nennt man das … Rucksack und deine … ööööh … Stiefel?", hörte Merle.

Sie drehte sich um. „Ja."

Die Mädchen warfen sich gegenseitig diese speziellen Blicke zu, die Merle so gut kannte.

Sie taten weh, diese Blicke. Immer wieder.

Weil sie sich nicht für Schminke interessierte. Oder für Deko. Weil sie stattdessen lieber Fußball mit den Jungen auf dem Schulhof spielte oder Handtischtennis in der Runde. Und weil sie keine Markenklamotten trug wie die meisten in der Schule. Papa sagte immer, es käme im Leben aufs Geld nicht an, sondern nur auf „Charakter". Aber Merle war sich nicht sicher, ob sie „Charakter" hatte. Und wenn, dann war es möglicherweise der falsche. Zickenzickenzickenblödezicken …

Die Braunhaarige kramte in ihrer Kulturtasche und

holte ein Smartphone hervor, ein etwas älteres Modell. „Mama hat mir nur das alte Ding hier mitgegeben, falls ich es verliere", maulte sie.

Kris kicherte. „Machst du immer noch Musicallys?"

„Ich dachte …", murmelte Merle.

Die Blonde sah hoch. „Dass wir die Handys abgeben mussten, oder was?"

Merle hob die Schultern. Mareike hatte sie beinahe mitleidig angelächelt, als Merle ihr das alte Nokia-Handy übergeben hatte. Aber sie hatte nie ein anderes besessen und immerhin hatte es schon ein paar Waschgänge in der Maschine überlebt. Sogar Kochwäsche.

„Klar haben wir unsere Handys abgegeben", sagte Kris. Sie grinste. „Aber wir haben natürlich Ersatzhandys mit. Eingeschmuggelt." Sie tippte sich an die Stirn und beide Mädchen brachen in Gelächter aus. „Damit eins klar ist: Wenn du uns verrätst …" Kris ließ das Ende des Satzes unheilvoll in der Luft schweben.

Dann drückt ihr mir Ketchup in die Stiefel oder Zahnpasta an die Bürste oder so was, dachte Merle, aber laut sagte sie: „Pfff. Habe ich nicht vor."

Die Mädchen beachteten sie nicht weiter und Merle wandte sich ab. Sie lehnte ihre Stirn gegen die kühle Scheibe und sah über das abenddämmrige Land, und das Heimweh nach Papa fiel so plötzlich über sie her, dass ihr die Tränen in die Augen stiegen.

Wolken eilten über den Himmel. Der Mond schien klar auf Täler und Hügel und in dieser Nacht kehrte das Flüstern in die Burg zurück. Es waren nicht die Mäuse und Holzwürmer, die in den Balken ihr Unwesen trieben, nicht die Blätter vom Blauregen, Efeu oder wilden Wein, die der Wind an die alten Mauern rieb, und nicht das Gebälk des Dachstuhls, das in der Kühle der Nacht knackte.

Es waren Worte, leise und körperlos. Ein Wispern, fast nicht hörbar, das durch die Gänge schwebte.

„Du hast sie hergeholt, Meister."

„Natürlich."

„Es war zu früh."

„Das werden wir sehen."

„Wirst du ihnen helfen?"

„Das werden wir sehen."

„Warum? Warum diese?"

„Begreifst du das nicht? Sieh doch einmal genau hin!"

„Nein, ich begreife es nicht. Sie sind zu klein, zu schwach."

„Ich wiederhole mich: Wir werden es sehen."

„Wirst du die anderen zu Hilfe holen? Die Lebenden draußen in der Natur?"

„Hör auf zu fragen!"

„Und sie? Wirst du *sie* fragen?"

Der Wind ließ die Blätter des Efeus rascheln, ein Käuzchen rief, ein, zwei, drei Mal.

Dann herrschte wieder Stille. Nur der Mond wanderte weiter über das Land und schien in Merles Gesicht. Aber sie merkte es nicht. Sie schlief tief und traumlos.

In dieser Nacht.

3. Kapitel

Der alte Mann pfiff leise, als er den Weg von der Burg ins Dorf hinabschritt. Die Sonne war vor Kurzem erst aufgegangen und der Ort lag noch im Schatten. Der Alte benutzte einen Stock für seinen Morgenspaziergang, ein wirklich vornehmes Teil, dunkel, gerade, mit Schnitzereien verziert und mit einem silbernen Knauf am oberen Ende. Er war klein und grau – der Mann, nicht der Knauf – und seine Glatze spiegelte das Morgenlicht.

Nun hatte er die ersten Häuser erreicht und hörte auf zu pfeifen. Vor dem Kiosk blieb er stehen, um die Überschriften auf den Zeitungen zu lesen; jemand, ein weiterer früher Vogel wohl, hatte den Ständer schon auf die Straße gestellt.

Der alte Mann blätterte eine Zeitung durch, als drinnen plötzlich ein anderer begann, eine Melodie zu pfeifen – irgendwo in dem Haus, das zu dem Kiosk gehörte. Der kleine graue Mann mit dem Stock hob den Kopf, runzelte die Stirn und lauschte. Doch als er erkannte, um welche Melodie es sich handelte, kniff er seine Lippen zusammen, und seine Augen röteten sich vor Wut. Er straffte sich, seine Fingerknöchel am silbernen Knauf wurden weiß. Ruckartig wandte er den Kopf ab und ging, so schnell er konnte und starr geradeaus blickend, den Weg zur Burg zurück.

Hinter der Scheibe aber war Friedrich Schiller damit beschäftigt, Zeitschriften in die Regale zu räumen. Und zu pfeifen natürlich. Nun ließ er die Hände sinken. Er sah dem Mann mit dem Stock nach. Und in sein Gesicht malte sich eine große, große Trauer.

Die Melodie hing noch eine ganze Weile in der Morgenluft, bis sie schließlich über dem Tal verwehte.

„Okay, wir hatten uns das folgendermaßen gedacht."

Die Sonne war höher an den Himmel gewandert, es sah nach einem heißen Tag aus. Sebastians Blick glitt über Merle und die anderen hinweg.

„Wir wollten euch mal nicht, wie bei solchen Freizeiten sonst üblich, alles vorschreiben …", fing er langsam an.

Stille.

Große Augen.

Erwartung.

„Sondern …", fuhr Sebastian fort und hob den Zeigefinger.

„Wir sollen uns also ein Theaterstück selbst ausdenken“, sagte der Junge, der Merle schon aufgefallen war. Aus Sebastian entwich die Luft wie aus einem angestochenen Fahrradreifen. Der Junge mit den schwarzen Augen, den kurz geschorenen, viel zu hellen Haaren und den abstehenden Ohren sah Sebastian ohne jede Gemütsregung an. In der Kennenlernrunde vorhin (aus der Mareike so eine Art Speed-Dating machte) hatte er sich als Wladimir vorgestellt.

„Genau … äh … Wladi“, antwortete Sebastian. „Und da du das nun schon erraten hast, weißt du sicherlich auch, was Mareike und ich noch mit euch vorhaben. Also: Die Bühne gehört … tadaa … Wladimir Puschkin!“

Doch auch von diesen Worten blieb der merkwürdige Junge völlig unbeeindruckt. „Ich nehme an, ihr werdet uns in Gruppen aufteilen“, sagte er mit seinem rollenden „R“. „Und dann – vorausgesetzt, ihr seid auf diese Idee gekommen – werdet ihr uns zu einem Wettbewerb auffordern. Welche Gruppe das beste Theaterstück geschrieben und aufgeführt hat.“

Merle warf Wladimir einen erstaunten Blick zu. Er war ihr vorhin wieder aufgefallen, weil er alles sofort begriff und schnell anfing, mit dem Fuß zu wippen, wenn er ungeduldig wurde. Sebastians Oberlid zuckte nervös.

„Ein Rätsel ist es allerdings noch für mich …“, fuhr Wladimir fort und stockte das erste Mal.

Jetzt sahen ihn wirklich alle gespannt an. Aber natürlich wurde er kein bisschen verlegen.

„Wer soll entscheiden? Wer ist die Jury?"

Sebastian lächelte erleichtert, endlich hatte er offenbar eine Antwort – eine Antwort, die Wladimir bestimmt nicht vorhersehen würde …

„Ach, natürlich. Wir werden unsere Stücke selbstverständlich vor Publikum aufführen", sagte Wladimir da und schlug sich heftig vor die Stirn, als wollte er sich dafür bestrafen, dass er nicht gleich auf diese Idee gekommen war. „Ich vermute, vor Freiwilligen aus dem Dorf. Sie werden entscheiden. Ist es nicht so?"

Sebastian wurde rot vor Ärger. „Genauso ist es", gab er zu. „Du bist ein schlaues Kerlchen."

Felix kicherte. Merle sah zu der Gruppe am Fenster hinüber. Dort ließ ein gewisser Mick unterhalb seines sehr knappen weißen T-Shirts seine Muskeln spielen, während Kris ihre goldenen Luxushaare von der rechten auf die linke Schulter drapierte. Das andere Mädchen hieß Katti; sie hatten sich zu zweit angemeldet.

Merles Blick wanderte zurück. Neben Wladimir, diesem Alien, saß ein Junge namens Jannis, an dem alles etwas dick geraten war – seine wuscheligen, maronenbraunen Haare, seine Nase, seine Brillengläser und … na ja, Beine, Bauch und so weiter auch.

Mehr waren nicht gekommen. Zwei Jungen hatten im letzten Moment abgesagt, hatte Sebastian ihnen erklärt, zwei Mädchen schon vor ein paar Wochen.

„*Genau,* Wladimir!“, rief Mareike mit ihrer etwas heiseren Stimme jetzt in Merles Gedanken hinein. „Du hast es richtig erraten. Ist das nicht eine *großartige* Idee? Und so *innovativ!* Ich denke, wir werden eine *Menge* Publikum zusammenbekommen. Und – stellt euch bloß vor – in der *Zeitung* hier wird auch eine Meldung erscheinen.“ Mareike neigte klar zu Begeisterung. Vorsichtig formuliert.

„Außerdem“, sie riss die Augen auf und senkte die Stimme verschwörerisch, „haben wir sogar einen *Preis* für das beste Theaterstück!“ Sie rollte mit den Augen, um die Spannung zu erhöhen. „Die Bank, in der Sebastian in den Ferien sonst jobbt, hat es gesponsert. Nämlich ... Trommelwirbel: drei ...“

Und dann nannte sie den Namen der neuesten Smartphones, bei deren Erwähnung selbst Mick blass wurde.

„Allerdings“, sagte Sebastian jetzt laut, um die Gruppe am Fenster zu übertönen, die sofort angefangen hatte zu diskutieren, „eine Regel gibt es für euer Stück. Ihr könnt euch ja ausdenken, was ihr wollt, aber ...“ Merle warf einen schnellen Blick zu Wladimir. Nein, darauf kam auch er nicht, Sebastian konnte ungehindert fortfahren: „No sex, no drugs, no horror.“

Mick fasste sich an die Stirn. „Und was bleibt da noch übrig?“, fragte er verzweifelt.

Mareike klatschte in die Hände.

„Bis zum Mittagessen könnt ihr jetzt Gruppen bilden und euch vielleicht schon ein paar *Gedanken* zu eurem Stück machen. Und danach …", sie riss die Augen ganz weit auf, „wartet eine Über*raschung!*"

Merle seufzte. Die Gruppen waren eigentlich schon klar. Sah jedenfalls ganz so aus, als wollten Krissie und Katti aus ihrem Zimmer und dieser Mick auf jeden Fall eine Gruppe bilden.

Dann blieben wohl nur die Jungen.

Tja.

Wladimir wirkte so, als wohne er auf einem Wladimir-Planeten, zu dem es sehr anstrengend sein würde, irgendeinen Kontakt aufzunehmen. Merle zupfte sich an der Unterlippe und lächelte ihm versuchsweise zu. „Wollen … wollen wir zusammen in eine Gruppe gehen?"

Man konnte nicht behaupten, dass Wladimir zurücklächelte, aber sein Gesicht erschien vielleicht einen Tick … sonniger. „Wer denn sonst?", schien sein Blick zu sagen.

„Und … und Jannis, vielleicht?"

Jannis' riesige graue Augen leuchteten hinter seinen dicken Brillengläsern auf und Merle fühlte sich eine Sekunde lang mies. Jannis wirkte gutmütig, so als würde er sich ganz schön herumschubsen lassen, wenn man es darauf ankommen ließe. Genau genommen gehörte er zur Kategorie „Lauch" – freundlich, biegsam und ein wenig gummiartig.

„Und Felix natürlich", sagte sie fest.

Jannis legte seinen Arm um den Kleinen und Felix strahlte. Merle überlegte kurz, ob sie eifersüchtig sein sollte, da beugte Jannis, der bisher kaum einen Ton gesagt hatte, sich vor. Er nickte zu Mick am Fenster hinüber und flüsterte ihr zu: „Schickimicki."

Merle starrte ihn an.

Jannis beugte sich noch etwas weiter vor; wenn er aufgeregt war, lispelte er. Wie jetzt. „Und Pissikacki." Er zeigte unauffällig in Krissies und Kattis Richtung.

Merle prustete los. Okay, wenigstens war er ein witziger Lauch.

„Ich will einen Ritter spielen!", bestimmte Felix auf Jannis' Schoß.

Merle zuckte mit den Schultern. „Mal schauen. Wir müssen uns das Stück ja auch selbst ausdenken."

Sie saßen im Schatten der Eiche auf der niedrigen Steinmauer, die den Parkplatz etwas unterhalb der Burg von der Straße abgrenzte.

„Dann denken wir uns eben was mit Rittern aus!", verlangte Felix.

Merle stöhnte. Bloß nicht, sie hatte schon wenig Lust, auf einer Bühne zu stehen, aber überhaupt keine auf Ritter und Drachen und Kämpfe. Die kannte sie zur Genüge von zu Hause, wo Felix sie ewig mit seinem kaputten Laserschwert überfiel, vorzugsweise, wenn sie gerade Brüche zusammen- oder auseinanderrechnen musste. Sie verzog den Mund. „Ich steh eigentlich überhaupt nicht so auf Theater", gab sie zu.

„Ich schon", sagte Jannis zu ihrer Überraschung. „Vielleicht möchte ich Theaterintendant werden oder Regisseur. Am liebsten für historische Spielfilme, weil ich auch Geschichte gut finde. Darum bin ich ja hier."

Als Wladimir ihn ungläubig ansah, fügte er hinzu: „Na ja … und weil meine Eltern allein wegwollten. Kulturreise. Nach Brasilien. Jede Menge Häuser aus jeder Menge Beton."

Merle sah über das weite Tal und biss sich auf die Unterlippe. Manchmal, manchmal tat es doch noch weh. Wie eine Stecknadel, die irgendwo in den Kleidern sitzt und dich plötzlich, bei einer falschen Bewegung, sticht. Wenn Mama noch lebte, hätten ihre Eltern sie bestimmt nicht einfach irgendwo abgeladen! Sie wären alle zusammen in Urlaub gefahren – irgendwo auf einen Campingplatz ans Meer. Dort, wo der Oleander blühte …

„Oder Dornröschen", sagte Felix plötzlich.

„Hä?"

„Als Theater. Weil das doch eine Burg ist, wie bei Dornröschen", erklärte er und kratzte mit dem Nagel seinen Namen in die Erde.

„Und wer spielt die Dornenhecke?", fragte Jannis.

Merle grinste. „Bei dem Treppenhausturm könnten wir auch Rapunzel spielen."

„Rapunzel, Rapunzel, lass dein Haar herunter", flötete Wladimir mit hoher Stimme und tat so, als seien seine Stoppeln kilometerlange Locken.

„Wenn hier einer Rapunzel spielt, ist es Felix", sagte Merle, „der hat von uns die längsten Haare."

Sie sahen auf Felix' blonde Locken; der streckte ihnen die Zunge raus, und Merle dachte plötzlich, wie nett es war von den Jungen, dass noch keiner von ihnen einen dummen Spruch zu ihren Haaren losgelassen hatte.

„Märchen können wir uns abschminken", sagte sie. „Schließlich sollen wir uns etwas ausdenken." Sie stützte ihr Kinn in ihre Hände. „Das schaffen wir nie", seufzte sie.

„Warum nicht?", fragte Jannis.

Merle rollte mit den Augen. „Habt ihr mal überlegt, wie viel Zeit wir haben? Eine Woche! Und da sollen wir uns ein ganzes Stück selbst ausdenken! Und üben! Und wir haben nicht mal ein Bühnenbild oder Kostüme!"

„Aber wir haben doch unsere Fantasie", protestierte Jannis.

„Wie jetzt?"

„Wenn ich Jannis richtig verstehe, können wir uns am Anfang auch einfach auf die Bühne stellen und den Leuten erklären, wie das Bühnenbild aussehen würde, wenn wir viel Zeit gehabt hätten. Und was für Kostüme wir jetzt tragen würden, wenn wir Zeit gehabt hätten, sie zu nähen."

Merle starrte Wladimir an. „Und dann erklären wir ihnen am besten auch gleich, was für ein Stück wir gespielt hätten, wenn wir Zeit gehabt hätten, es zu üben, oder was?“

Jannis trampelte kichernd auf den mit Eicheln und Blättern übersäten Boden.

Hinter ihnen knackte es und Wladimir zuckte zusammen.

„Mann, Jannis, lass das, sonst stürzt noch die ganze Mauer mitsamt Baum ein“, sagte Merle.

„Wann gibt es Mittagessen?“ Wladimir blickte auf seine Armbanduhr.

„Hunger?“, fragte Jannis mitfühlend.

Wladimir knurrte nur.

„Oder neugierig auf die … Über*raschung?*“, hakte Jannis nach und riss die Augen so weit auf wie zuvor Mareike.

„Pfff“, machte Merle.

Doch Wladimir sprang auf und dann flogen sie den Weg zurück zur Burg wie von gespannten Sehnen geschossene Pfeile.

Als Merle das Tor erreichte, drehte sie sich noch einmal zu Wladimir um. „Warum du bist du eigentlich hier?“, keuchte sie. „Wollten deine Eltern dich auch loswerden?“

Wladimir betrachtete das Muster des Kopfsteinpflasters im Tordurchgang. „Ich wohne nicht bei meinen Eltern, ich lebe bei meiner Oma.“

Merle schluckte. „Sind deine Eltern …?“ Sie traute sich nicht zu fragen.

Wladimir hob den Kopf. „Meine Eltern sind in Russland“, sagte er knapp. „Im Gefängnis.“

4. Kapitel

„So, und jetzt kommt die Überraschung", sagte Mareike nach dem Essen, als sich alle im Burghof eingefunden hatten.

Sie presste den Finger auf die Lippen, und Merle sah, wie Mick die Augen verdrehte und Kris und Katti miteinander tuschelten.

Mareike räusperte sich. „Wir wollen euch jetzt einmal zeigen, warum unser Veranstalter ausgerechnet diese Burg ausgewählt hat für unser Ferien-Theater-Workcamp."

Merle fiel auf, wie stark und süß der späte Blauregen duftete, der die Mauern im Innenhof bedeckte. Und wie kräftig seine Äste waren, bestimmt so dick wie Sebastians Oberarme.

„Der muss uralt sein, der Blauregen", murmelte sie.

„Hä? Woher weißt du denn, wie das Ding heißt?", fragte Jannis hinter ihr.

Merle drehte sich um. „Ich interessiere mich eben für Natur. Pflanzen und Tiere und so …"

Mareike warf ihr einen strengen Blick zu. „Ich nehme doch an, ihr seid alle gut erzogen?"

„Bestens", gab Mick zurück.

„Na, wunderbar", Mareike grinste Mick an, „dann hast du jetzt eine erstklassige Möglichkeit, uns das zu beweisen."

„Ha, ha. Sehr witzig."

„Ich will kein Rennen, kein Toben, kein …", zählte Mareike an ihren Fingern ab.

Katti hörte mit Kaugummikauen auf. „Wir sind doch nicht mehr drei Jahre alt!"

„Nicht mehr ganz", gab Mareike zu. „Obwohl …" Sie ging vor Felix in die Knie. „Darf ich dich *ausnahmsweise* einmal an die Hand nehmen?"

Merle sah, wie Felix kurz überlegte, aber Mareike lächelte ihn so strahlend an, dass er ihr zuletzt seine Patschflosse gab. Mareike richtete sich zufrieden wieder auf. Dann nickte sie ihnen, ihr zu folgen, und lief los.

Sie lief nicht durch das Tor, nein.

Sie lief hinüber zum Flügel des Grafen, der eigentlich tabu für die Kinder war, wie sie selbst gesagt hatte, und kramte einen Schlüsselbund aus ihrer Jeanstasche, um die Tür aufzuschließen. Nicht einmal dazu ließ sie Felix' Hand los.

Der Graf – ob er da drinnen auf sie wartete? Er war nicht besonders kinderlieb nach Mamas und Papas Erzählungen … und das war noch nett ausgedrückt.

Die schwere alte Tür quietschte, knarzte und jaulte,

als käme sie direkt aus einem Zombiefilm um Mitternacht. Als Merle sie passierte, sah sie, dass die Schnitzereien im Eichenholz lauter Vögel darstellten. Eine Eule konnte sie erkennen und einen Adler; vorsichtig strich sie mit dem Finger darüber. Sie musste daran denken, wie sie die Burg zum ersten Mal gesehen hatte, auf ihrer Wanderung hierher. An ihre stolz ausgebreiteten Flügel …

„He, geh mal weiter", zischte Mick direkt hinter ihr und gab ihr einen Stoß in den Rücken.

Doch als sie die Eingangshalle des Grafenflügels betraten, sagte niemand mehr ein Wort, nicht einmal Mick. Es war kühl in dem großen Raum und es roch nach alten Mauern, nach antiken Eichenmöbeln, nach Staub, Kronleuchtern und schweren Vorhängen.

„Es ist eine Ausnahme", erklärte Mareike leise. „Einmal darf ich es euch zeigen und eure Generalprobe dürft ihr auch hier abhalten – also, das ist noch nicht sicher, aber mehr hat der Graf nicht erlaubt."

Sie warf einen prüfenden Blick zu Felix hinunter und Merle presste die Lippen zusammen. Felix machte nichts kaputt, er war unheimlich vorsichtig mit Tieren und Dingen!

Von der Eingangshalle führte eine gewaltige, geschwungene Steintreppe ins erste Stockwerk. An den Wänden hingen die Köpfe von toten Tieren, Merle warf einen wütenden Blick hinauf. Ein Steinbock, ein Rothirsch, sogar ein Elch. Ihre Hand strich über das hölzerne Geländer, glatt geschliffen in vielen Jahrhunderten.

„Wahnsinn“, wisperte Jannis neben ihr.

„Was denn?“

Jannis zeigte auf die Bilder.

Goldene Rahmen, dunkel. Hell schimmernde Gesichter, alte Kostüme, Samt und Spitzen …

„Die Bilder! Das da ist … Friedrich der Große, glaube ich, und das …“

Merle hob die Augenbrauen. „Woher weißt du *das* denn jetzt?“

Jannis zuckte die Schultern. „Ich interessiere mich für Geschichte, schon vergessen? Der Graf muss mit denen verwandt sein. Mit *all* denen.“

Merle zog eine Schnute. „Na, und? Es ist doch egal, mit wem man verwandt ist. Es kommt doch auf einen selbst an.“

Jannis sagte nichts mehr, aber seine Augen wurden noch größer als sonst und die Bilder der blassen Adligen spiegelten sich in seinen Brillengläsern.

Sie liefen einen Gang in der oberen Etage entlang. Sonnenlicht fiel durch eine Reihe von hohen, fein unterteilten Fenstern. Nach dem dunklen Treppenhaus wirkte es hier so friedlich! Im Vorbeigehen sah Merle hinaus: Tief unten im Burggraben sang eine Amsel im Fliederbusch. Auf einem kleinen Tisch lagen säuberlich aufgestapelt einige Noten und eine makellos silbern schimmernde Querflöte neben ihrem Etui.

Auch in diesem Gang hingen Bilder. Ordentlich nebeneinander aufgehängt wie in einem Museum. Merle wandte sich ab. Sollten doch ihretwegen alle Kaiser, die je gelebt hatten, hier herumhängen …

Bis ein Bild plötzlich ihren Blick fing. Es hing neben dem eines dicken Ritters in voller Rüstung mit schwarzem Bart und einer gewaltigen Knollennase. Das Porträt daneben unterschied sich in nichts von den anderen, bloß dass darauf zur Abwechslung kein Mann mit gepuderter Perücke zu sehen war, sondern eine junge Frau – mit einem winzigen Lächeln im Gesicht; der Maler hatte ihr einen Hauch von Grübchen geschenkt. Sie trug ihre langen, dunklen Haare in einen lockeren Knoten zurückgebunden und um den Hals ein schlichtes Samtband mit einem ovalen Anhänger. Etwas anderes aber hielt Merles Blick gefangen – und das waren die Augen der jungen Frau.

Sie lebten.

Warme braune Augen, die aussahen, als würde ihre Besitzerin viel lieber laut lachen, als hier stumm an der sonnengoldenen Wand zu hängen. Ja, sie wirkte so, als wäre auch sie nie im Leben freiwillig in ein Museum gegangen, sondern lieber auf Bäume geklettert, oder als hätte sie in einem längst vergangenen Garten neben einer längst vergangenen Burg mit Freunden oder Geschwistern Verstecken gespielt.

Und nun hing sie hier an der Wand, und Merle traten die Tränen in die Augen bei dem Gedanken, dass sie schon vor so vielen Jahren gestorben sein musste. Wer sie wohl gewesen war?

Als sie an der Tür stand, die in den nächsten Gang führte, wandte Merle sich unwillkürlich noch einmal um und erschrak bis in die Seele hinein.

Sie sah ihr nach!

Die junge Frau!

Sie sah ihr wirklich nach!

Wie ein Bogen aus Licht und Zeit fühlte sich dieser Blick an – über all die Jahrhunderte hinweg … und gebannt stand Merle still.

Wie war das möglich?

„Es ist eine Maltechnik", flüsterte Jannis hinter ihr. „Manche dieser alten Bilder sind so gemalt, dass die Augen der Menschen dich verfolgen, wohin du auch gehst." Er grinste. „Schöne Gemme übrigens", sagte er anerkennend.

„Was ist denn eine Gemme?"

„Der Anhänger, den sie trägt. So ein geschnitzter Frauenkopf."

„Okay?"

Merle wandte sich um, aber als Jannis weitergegangen war, schaute sie noch einmal über die Schulter zurück. Sie hielt die Luft an: Der Blick der jungen Frau hing immer noch an Merle und jetzt – oder war es nur eine Bewegung der Blätter vor dem Fenster, die ihre Schatten auf das Bild warfen? – jetzt zwinkerte sie ihr zu.

Merle knetete ihren Daumen. Das konnte doch gar nicht sein. Sie sah noch einmal genau hin.

Nichts passierte.

Es musste wirklich eine Täuschung sein.

Verflixt, sie konnte die anderen gar nicht mehr hören, sie musste sich beeilen! Diesmal wandte sie sich endgültig um. Hätte sie noch einmal zurückgeschaut, ein letztes Mal, hätte sie gesehen, dass die junge Frau wieder aus dem Fenster schaute. Und vor diesem Fenster saß ein großer brauner Vogel und starrte hinein. Merle wäre erschrocken. Denn dieser Vogel war alles andere als alltäglich. Man bekam ihn nur selten zu Gesicht.

Es war ein Vogel der Nacht.

„Wir sind da!“, rief Mareike und klatschte vor Aufregung in die Hände. „Da“ bedeutete eine weitere Tür. Mareike sog die Luft ein und wedelte mit den Händen. „Wenn ihr *das* seht …“

Und dann stieß sie die Tür auf.

Ein großer, dunkler Raum. Der Geruch nach staubigen Teppichen und altem Stoff war so intensiv, dass er Merle fast den Atem nahm. Etwas drückte ihr den Brustkorb zusammen, als wollte es sie warnen.

„Und was ist das jetzt?“, fragte Mick.

„Wartet. Wo ist das Licht?“

Ein Kronleuchter flammte auf, funkelnd und schimmernd, und Merle schloss im ersten Moment geblendet die Augen. Dann aber … Der Saal vor ihren Augen fiel nach unten ab. Stuhlreihen um Stuhlreihen – und am Ende: ein Vorhang aus dunkelrotem Samt, eine Bühne, ein Theater!

„Moment …", murmelte Mareike und drückte den nächsten Schalter. Und jetzt lag das ganze Theater in mildem, warmem Licht von Kerzenlampen, die in regelmäßigen Abständen an den Seitenwänden angebracht waren. Die Bühne aber wurde von mehreren Scheinwerfern angestrahlt und der dunkle Samt des Vorhangs glühte.

„Hier werden wir spielen!", sagte Mareike triumphierend. „Ist das nicht einfach *großartig?*"

Merle war vom ersten Moment an gefangen. Hatte sie je behauptet, dass Theater sie nicht interessieren würde? Hatte sie je Schauspielen blöd gefunden? Was ging nur in ihr vor? Ihre Angst war verpufft, nur ein Prickeln war geblieben, im ganzen Körper. Aber ein erwartungsvolles.

Eine kleine Hand schob sich in ihre und jemand flüsterte: „Merle, ich will mal auf die Bühne gehen."

„Okay", flüsterte Merle zurück.

Ganz allein schritten sie die Stufen zwischen den Stuhlreihen hinab, Merle zögernd, Felix energisch. In Merles Adern brannte es.

„Schau mal", sagte Felix, „da sind lauter Ritter."

Merle sah sich um: Felix hatte recht. Im Halbdunkel des Zuschauerraums konnte sie gerade noch erkennen, dass auch hier die Wände bemalt waren: Menschen mit Masken und ohne, mit weiten Kleidern und spitzen Degen, Pferde, eine Burg und an der Decke ein Himmel mit unglaublich echt gemalten Wolken. Zwei Fenster führten nach draußen, aber ihre Läden waren fest geschlossen.

Sie kletterten die Stufen auf die Bühne hinauf, dann drehte Merle sich um; ihre Beine zitterten.

Dunkel, dunkel vor ihr, nur sie und Felix standen im Licht. Und Merle vergaß alles um sich herum. Sie vergaß, dass dort im Zuschauerraum die Schickimickis standen. Sie vergaß den gesamten Zuschauerraum. Nur die Bühne war noch wirklich, das Licht, die Geschichten und Träume, unsichtbar noch …

Oh, hier zu stehen und zu spielen!

Mit echten Zuschauern!

Sie würde jedes Wort formen, jedes, als ob es das einzige in der ganzen Welt sei, das kostbarste Wort, das je jemand erdacht hatte und …

„Und die Welt hebt an zu singen,
triffst du nur das Zauberwort …“

„Ey, spinnst du?“

Es war Krissies Stimme, die Merle aus ihrem Traum riss. Verwirrt sah sie sich um. Hatte sie die Worte etwa laut deklamiert? Sie hatten das Gedicht noch vor den Sommerferien für Deutsch auswendig lernen müssen.

Krissie trat direkt vor die Bühne und tippte sich an die Stirn. „Du musst dir nicht einbilden, dass du hier die große Schauspielerin bist. Das Theater gehört nicht dir, damit das gleich klar ist." Sie musterte Merle verächtlich von oben bis unten. *Bitch!*, formte sie mit den Lippen.

Und Merle spürte die Hitze in sich aufsteigen.

Mit einem Satz sprang Mick neben sie auf die Bühne. Er trat ganz nah an den Bühnenrand, starrte suchend in die Ferne beziehungsweise an die hintere Wand des Theaters und streckte seine Arme aus: „Ein Königreich für ein Pferd!", schrie er. „Ein Königreich!"

Krissie und Katti kicherten.

„So cool", flüsterte Katti.

Da griff Mick an seine linke Brust, verdrehte die Augen und sackte auf die Knie. Streckte noch einmal seine Arme Richtung Publikum und ließ sich dann endgültig auf die Bretter sinken. Und dann …

Ein lauter Knall. Wie ein Schuss.

Und Merles Herz setzte aus.

Kälte. Unendliche Kälte.

Und Stille.

Große, große Stille.

Darunter der Schnee, eine weite weiße Fläche. Schwarz stehen die Bäume. Eine Lichtung im Wald, so kalt.

Aber der Schnee ist nicht unberührt – dort liegt etwas.

Ein Bündel.
Reglos.
Weiß ist der Schnee.
Und rot …

5. Kapitel

„Äh … Hallo?!“

Merle spürte eine Hand auf ihrem Arm, aber sie konnte nicht antworten, sie konnte sich nicht rühren, der Frost hatte sie im Griff. Sie saß zusammengekauert am Rand der Bühne und ihr war schlecht.

„Ist etwas mit dir? Du bist so blass!“

Blass wie der Schnee, so rot …

Wladimir, denn seine Hand war es, schüttelte sie, und plötzlich flutete die Wärme und die Wirklichkeit in Merles Körper zurück, und sie hörte wieder, was um sie herum vorging. Mareike sagte gerade: „Graf von Hohenhartt! Entschuldigung! Haben wir Sie gestört?“

In der weit geöffneten Tür stand ein Mann, und im ersten Moment glaubte Merle, er habe Mick erschossen. Das helle Licht erlosch, die Bühne lag im Dunkeln und Merle blinzelte in den Zuschauerraum. Der Graf drückte auf einen weiteren Lichtschalter und diesmal flammte der Kronleuchter auf. Nun stand er dort im hellen Deckenlicht und seine Glatze spiegelte.

In Merles Ohren dröhnte es. Das also war der Graf, Mamas Graf! So klein, so grau! Mit einer spitzen Nase, die von roten Äderchen überzogen war, wie oft bei alten Männern. Er unterhielt sich mit Mareike, lächelte und nickte und wirkte durchaus nicht so, als würde er Kinder zum Frühstück fressen. Dennoch lauerte etwas in seiner Nähe – etwas Schwarzes, Kaltes. Was nur?

Jetzt wandte er sich an die anderen. „Diese Burg ist seit vielen Generationen im Besitz meiner Familie", sagte er, wobei er seine altmodische graue Weste straff zog. „Ich möchte Sie noch einmal ermahnen, pfleglich mit dieser Kostbarkeit umzugehen. Und – Sie werden Ihre Theaterstücke ja wohl selbst schreiben? Dann werden Sie sicherlich etwas schreiben, das diesem Theater gerecht wird. Außerdem habe ich noch ein weiteres Anliegen …" Der Graf musterte jeden Einzelnen von ihnen. Merles Herz begann schmerzhaft zu klopfen. Sie sah Mama doch ähnlich! Und wenn er sie erkannte?

Aber der Grafenblick glitt über Merle hinweg wie über alle anderen. „Wir haben hier ein sehr großzügiges Außengelände", fuhr er fort. „Einen Teil davon habe ich allerdings für mich reserviert. Es handelt sich dabei um den Berg direkt hinter der Burg. Ich wünsche nicht, einen von Ihnen dort zu entdecken. Haben wir uns verstanden?"

Etwas drückte Merles Brust zusammen, und wieder fühlten sich ihre Hände taub an vor Kälte, als gleite sie in eine andere, unwirkliche Welt hinüber, wo es Winter war, ewiger Winter …

Merle biss sich so sehr auf die Unterlippe, dass sie Blut schmeckte.

Benommen hörte sie, wie Mareike sagte: „Selbstverständlich, Graf von Hohenhartt. Ich kann den Jugendlichen nachher auch gerne noch einmal genauer erläutern …"

Der Graf winkte ab, offensichtlich zufrieden. „Haben Sie noch Fragen?"

Merle sah, wie alle die Köpfe schüttelten. Unauffällig rieb sie ihre Finger. Warum fühlte sie in seiner Gegenwart so ein Grauen? Etwas stimmte einfach nicht mit dem alten Mann.

Oder … oder mit ihr?

Der Graf wandte sich zum Gehen, und Merle wollte schon aufatmen, da rief Jannis: „Sind Sie … sind Sie wirklich mit Friedrich dem Großen verwandt?"

Der Graf sah sich überrascht um. „Ja, das bin ich tatsächlich."

„Wow!", machte Jannis.

„Interessierst du dich für Genealogie?"

„Mehr so für … äh … für Geschichte", antwortete Jannis.

Der Graf nickte. „Dann könnte unser kleines Heimatmuseum im Ort, das ich eingerichtet habe, eine Fundgrube für dich sein", sagte er. „Vielleicht möchtest du es dir im Verlauf eures Aufenthaltes einmal ansehen? Dort gibt es sogar die Geschichte der Dorfhexe zu erforschen …“ Er zwinkerte Jannis zu. Der strahlte.

Und jetzt musste sich natürlich Felix einmischen. „Aber es gibt doch gar keine Hexen“, sagte er mit roten Wangen, „weißt du das denn nicht?“

Der Graf musterte ihn, aber nicht feindselig, obwohl er doch keine Kinder mochte. Eher, wie man einen interessanten Käfer betrachtet. „Es gibt mehr Ding’ im Himmel und auf Erden, als Eure Schulweisheit sich träumt“, entgegnete er.

Hä? Hieß das etwa: Der alte Mann glaubte wirklich an Hexen? Merle sah ihn ungläubig an. Und zu ihrem größten Erstaunen hörte sie sich plötzlich fragen: „Wer ist eigentlich die junge Frau? In Ihrer Bildergalerie, meine ich. Die neben dem dicken Ritter.“

Sie erschrak. Warum nur hatte sie das gesagt?

Der Graf beschattete seine Augen mit der Hand und sah zu Merle auf der Bühne hinüber.

„Wer will das wissen?“, fragte er.

Merle presste ihre Lippen zusammen. Für den Bruchteil einer Sekunde wollte sie sich einfach in Luft auflösen und nie so eine dumme Frage gestellt haben. Aber dann hob sie den Kopf und schob das Kinn vor.

„Ich. Merle. Ich habe die Frau vorhin gesehen und sie hat … so lebende Augen …“ Das Letzte sagte sie leiser, es klang zu seltsam.

Prompt kicherte Mick los, aber als der Graf die Stirn runzelte, hörte er sofort auf.

„Es freut mich, dass dir das Bild gefällt“, sagte der alte Mann. Und obwohl er lächelte, überfiel Merle wieder der Frost aus einer anderen, fernen Welt. „Es ist tatsächlich ebenfalls eine entfernte Verwandte von mir … aus einer unbedeutenden Seitenlinie. So unbedeutend, dass mir das Bild gar nicht mehr im Gedächtnis war …“

Merle nickte. „Also war sie keine, äh, Königin?“, fragte sie mit tauben Lippen. „Oder berühmt? Sie ist so … besonders.“

Jetzt schüttelte der Graf energisch den Kopf. „Nur eine unbedeutende Verwandte“, wiederholte er und zögerte. „Es gibt auch um sie eine Sage … aber wir glauben ja nicht mehr an Hexen und Märchen, nicht wahr?“ Er hob eine Augenbraue in Merles Richtung und lächelte, um sich gleich darauf umzudrehen. Er schenkte Mareike ein kurzes Nicken und verließ das Theater.

Mareike rasselte mit dem Schlüssel. „Also, ich denke, ihr habt alles gesehen“, sagte sie. „Und ist das nicht wirklich *großartig*, dass der Graf es uns zur Verfügung gestellt hat? Aber jetzt müsst ihr alle ran, das ist ja klar, und ein richtig *tolles* Stück schreiben!“

Bevor Mareike die Tür hinter ihnen schloss, warf Merle noch einen letzten Blick in das dunkle Theater. Im Licht, das durch den Türspalt fiel, schimmerte das Messing der Kerzenlampen leise, schwer lag der Dunst von Staub, von Polstern und altem Samt und noch etwas geheimnisvollem anderen in der Luft –

der Duft all der Geschichten, Märchen und Träume, die auf dieser Bühne gelebt hatten … Sehnsüchtig sog Merle den Geruch ein. Durch ein Fenster irgendwo in der Burg strich ein Luftzug an ihr vorbei und bewegte sacht den Vorhang unten auf der Bühne. Als wollte er ihr zuwinken …

„Merle? Kommst du auch?“ Mareike legte die Hand auf ihren Arm.

Mit einem tiefen Seufzer riss Merle sich los und nickte.

Sie saßen wieder auf der Steinmauer am Parkplatz, schauten dem friedlichen Abend beim Abendsein zu und futterten dabei die Paprikachips, die Jannis sich am Kiosk gekauft hatte.

Merle stöhnte. „Hat irgendeiner von euch jetzt eine Idee für ein Stück?“

„Na, was der Graf gesagt hat“, schlug Jannis vor und Merle und Wladimir antworteten gleichzeitig: „Hä?“

Jannis rollte mit den Augen. „Ein altes Stück natürlich, eines, das in so ein Theater passt. Ihr habt den Grafen doch gehört. Eines, das dem Theater …“, er markierte mit den Fingern Anführungszeichen in der Luft, *„gerecht* wird.“

„Warum hast du den Grafen eigentlich nach diesem Bild gefragt?“ Wladimir sah Merle an.

„Ich … ach, keine Ahnung."

Jannis kicherte. „Die Frau mit den lebenden Augen. Aber die sah dir echt ein bisschen ähnlich."

„Ha. Ha."

„Eine Hexe, hat der Graf nicht was von einer Hexe gesagt? Vielleicht war *die* das ja?", fragte Wladimir. „Erklärt die lebenden Augen." Spöttisch zwinkerte er ihr zu.

„Es gibt keine Hexen!", sagte Merle automatisch.

Felix, der hauptsächlich Paprikachips gefuttert und weniger zugehört hatte, platzte dazwischen: „Spielen wir ein Märchen mit einer Hexe? Dornröschen? Das find ich voll gruselig! Ich will lieber was mit …"

Aus dem Busch neben der Toreinfahrt kam ein unterdrücktes Kichern. Jannis schaute verdutzt, aber Wladimir sprang so schnell auf, als sei er ein Springteufel, der die ganze Zeit auf den Boden gedrückt auf seine Chance gewartet hatte. Sein Blick war kalt, und ehe Merle überhaupt begriffen hatte, was passierte, knisterte und raschelte es, und Wladimir zog Krissie aus dem Busch.

Mick und Katti folgten netterweise freiwillig. Sie grinsten. Breit, frech und unverschämt.

„Rapunzel, Rapunzel, lass dein Haar herunter", flötete Mick.

„Dornröschen geht aber anders", flüsterte Katti Mick zu.

„Sie könnten auch Schneewittchen spielen, Mick",

schlug Kris vor und nahm einen Schluck aus der Wasserflasche, die sie überall mit sich herumschleppte. „Der Kleine spielt Schneewittchen und die anderen die sieben Zwerge."

Merle hätte sie am liebsten … irgendetwas, das erst ab FSK 18 zugelassen war. „Ich hätte es mir echt denken können", murmelte sie.

„Was?", fragte Jannis leise nach.

„Das Knacken im Busch heute Mittag. Das warst gar nicht du mit deinem Getrampel", sagte Merle. „Das waren ausgewachsene Vollpfosten."

„Das gewinnen wir locker", sagte Mick jetzt und strich sich die Haare nach hinten. „Ihr glaubt doch wohl nicht, dass ihr mit euren Märchen irgendeine Chance habt, oder?" Er spuckte verächtlich in den Staub neben Merles Füße.

„Warum schreist du eigentlich nicht den ganzen Tag?", erkundigte Merle sich interessiert.

„Hä? Warum soll ich denn schreien?"

„Ich dachte immer, es tut weh, wenn man so bescheuert ist. Aber wahrscheinlich hast du dich schon längst daran gewöhnt. Hattest ja genug Zeit."

„Ha. Ha. Ha."

„Seit wann genau belauscht ihr uns schon?", fragte Jannis.

„Also, warum seid ihr eigentlich hier? Mich haben meine Eltern verstoßen", piepste Mick und steckte sich den kleinen Finger in den Mund.

Merle knirschte mit den Zähnen.

„Das ist Spionage!"

Daraufhin kicherten alle drei.

„Könnte man so sagen", überlegte Krissie.

„Das ist nicht erlaubt", sagte Wladimir.

Die Schickimickis brachen in lautes Gelächter aus.

„Geh doch petzen", kicherte Katti.

„Willst du auf den Arm? Oder soll ich deine Mami anrufen?", fragte Mick mitfühlend.

Es sah aus, als habe jemand die Farbe weggedreht aus Wladimirs Gesicht – nur Weiß und Grau waren übrig geblieben. Er sagte keinen Ton, wandte sich nicht einmal zu Jannis, Merle oder Felix um, sondern ging einfach fort, durch den schattigen Torbogen.

Verschwunden.

„Der geht jetzt heulen", meinte Mick. „Oder Mami anrufen." Pissikacki konnten gar nicht mehr aufhören zu kichern.

Merle stiegen die Tränen in die Augen. Wut ist nicht immer heiß und rot wie Lava, manchmal ist sie kalt und grau wie die Steine eines fernen Gefängnisses, das Licht der Sterne in seinen vergitterten Scheiben oder die nackte Erde in seinem Hof.

Merle stand auf. „Hört bloß zu, ihr total bescheuerten Vollpfosten", sagte sie. „Wir. Werden. Gewinnen. Wladimir. Und Jannis. Und Felix. Und ich."

„Ach nein?"

Merle sah Mick in die Augen.

Mick blinzelte als Erster. „Geheimwaffe, oder was?"

Merle spürte Jannis neben sich, sie fühlte ihn schwitzen. „Geheimwaffe", sagte er. „Und außerdem können wir uns unsichtbar machen."

Großes Kichern.

In diesem Moment passierte etwas Seltsames: Es fiel etwas vom Himmel. Einfach so.

Vogelkacke.

Eine ganze Menge.

Und zwar genau auf Micks frisch polierten Scheitel.

6. Kapitel

Nie sind die Nächte so warm wie im August, der Zeit der Glühwürmchen und tanzenden Mücken. Die Herbstdämmerung streckt schon ihre Finger aus und irgendwo lauert die endlose Finsternis des Winters. Doch noch hatte die Sommerhelle nicht ganz aufgegeben, und so lag, als Merle erwachte, das Zimmer in einem warmen Zwielicht. Der Morgen war noch nicht angebrochen, aber auch nicht mehr fern. Durch das gekippte Fenster drangen die üblichen Nachtgeräusche und außerdem – leise und unwirklich – die süßen Töne einer Flöte.

Merle setzte sich auf und rieb sich die Augen, sie lauschte. Die Töne kletterten in die Höhe, formten eine sehnsuchtsvolle Melodie …

Sie hatte jemanden gesucht. Im Traum. So, so, so sehr gesucht! Und so sehr vermisst … Und es war so kalt gewesen …

So. Kalt.

Unwillkürlich schluchzte Merle auf. Wer war es nur

gewesen? Die Traurigkeit in der Musik drückte ihr die Seele zusammen. Vielleicht hatte sich die Melodie in ihren Traum geschlichen und sich in Bilder verwandelt?

Merle angelte mit nackten Füßen nach ihren Flipflops. Keine Flipflops. Verschwunden. Merle biss die Zähne zusammen. Es konnte natürlich sein, dass die Flipflops, als sie Pissikacki kennengelernt hatten, einfach ausgewandert waren. Was Merle gut verstehen könnte. Wahrscheinlicher aber war … Merle stand auf und trat ans Fenster. Ja, da baumelten sie! Weit genug entfernt, dass Merle sie auf keinen Fall würde erreichen können. Die Idioten mussten sie irgendwie an einer Strippe an dem überstehenden Giebel befestigt haben, denn über ihrem Zimmer war nur noch der Dachboden. Merle seufzte. Sie würde sich am Morgen einen Stock organisieren und sie sich wieder heranangeln müssen.

Aus dem Flügel des Grafen, irgendwo aus dem oberen Stock, drang Licht. Leise, silbern, unwirklich tropften die Flötentöne auf die Erde wie einsame, verloren gegangene Sterne. Merles Härchen stellten sich auf. Doch dann schüttelte sie ärgerlich den Kopf. Der schien einfach Schlafprobleme zu haben, war ja ein alter Mann. Auch wenn es etwas unheimlich war, wie er mitten in der Nacht Flöte spielte.

Und dann stellte sie fest, dass sie Hunger hatte.

Nicht nur ein bisschen Hunger.

Sondern die Art Hunger, die dich von innen auffrisst, wenn du nicht ganz schnell etwas zu essen findest. Prompt fing ihr Magen an zu knurren.

Mist!

Pissikacki schliefen fest, aber natürlich kam es auf keinen Fall infrage, in Krissies Tasche nach etwas Essbarem zu suchen. Merle nagte an ihrer Unterlippe – ihr Hunger wuchs jede Sekunde. Vielleicht lag ja noch ein Stück Brot vom Abendessen unten im Speisesaal auf dem Tisch? Oder Aja, das Mädchen mit den grünen Haaren, das in der Küche half, hatte schon fürs Frühstück gedeckt …?

Wenig später klappte die Tür und Merle huschte barfuß die kalten Stufen des Treppenhauses hinunter. Vor der großen Flügeltür des Speisesaales zögerte sie. Schließlich wollte sie ja gleich etwas klauen, gewissermaßen. Aber sie überlegte nur kurz. Dann brachte sich ihr Magen wieder in Erinnerung.

Es war so dunkel hier, die Fensterscheiben aus buntem Glas sperrten das Mondlicht aus. Beziehungsweise färbten es grün, violett, blutrot, aber das Licht war so schwach, dass die Farben nur als Schimmer durch den Raum schwebten. Merle traute sich nicht, das Licht anzuknipsen. Die Fliesen fühlten sich warm unter ihren Füßen an.

Und dann …

… hörte sie das Flüstern.

Es schien von überall her zu kommen, ein körperloses Wispern, das aus allen Wänden drang. Als Merle lautlos weiter in den Raum tappte, flüsterte es auch über ihr, hoch oben. In der Kuppel.

Und plötzlich konnte sie verstehen, was sie flüsterten. Merle legte den Kopf in den Nacken und hielt den Atem an. Tiefe Düsternis nistete in der Kuppel. Nichts rührte sich dort oben, in den Schatten, nur die hauchenden Stimmen.

„Denkst du, sie werden das Richtige tun, Meister?“

„Ich werde dafür sorgen.“

„Sie sind so klein. So zart. Und so jung. Wird ihre Macht sie nicht zerstören?“

„Sie sind stark.“

„Nicht so stark wie ihre Macht.“

„Das werden wir sehen.“

„Wirst du ihnen helfen?“

„Wir werden es sehen.“

„Ich wiederhole mich: Sie sind zu klein, zu schwach. Hab ein Einsehen!“

„Und ich wiederhole mich: Wir werden es sehen.“

Ein Knall zerfetzte die wispernde Stille, Licht zerriss die Dunkelheit. Merle machte einen Satz wie eine Eisläuferin, sie wirbelte halb herum … Jemand Kleines stand in der Tür des Essraums und blinzelte in den

Kronleuchter. Ein wenig Putz rieselte dort herab, wo die schwere Tür mit ihrer Klinke die Wand getroffen hatte.

„Merle? Was machst du hier?"

„Warte ..."

Sie legte den Kopf in den Nacken, suchte die Decke ab, die Kuppel, die Wände, den ganzen Raum ...

„Warum bist du hierher gegangen? Es ist doch mitten in der Nacht, oder?"

„Pssssst!"

Nichts! Nirgendwo auch nur die kleinste Bewegung, nichts Ungewöhnliches, nichts, was sie nicht schon bei jedem Essen gesehen hätte ...

Die alte Lampe summte leise. Aber jenseits des Summens herrschte Stille, eine hohle Leere. Wie sehr sie auch lauschte, kein Wispern, kein Rascheln.

Absolut nichts.

Die Luft entwich ihren Lungen mit einem Pfeifen, sodass Felix vor Schreck die Augen aufriss.

„Was ist denn?"

Merle schüttelte den Kopf. „Ich dachte ... ich hätte etwas gehört ... ich ... keine Ahnung ..."

Sie zuckte mit den Schultern. Sie brauchte noch ein Weilchen, bis ihr Atem wieder ruhiger ging.

„Ich hab sooo Hunger ..."

Merle musste unwillkürlich grinsen. „Ich auch. Komm, wir suchen, ob wir hier etwas finden ..."

Wenig später standen sie, kichernd und mit vollem

Mund und mit einem dicken Stück süßem Weißbrot in der Hand, wieder in der Tür.

„Komm, wir gehen zurück ins Bett. Es ist kalt."

Am Tag war es angenehm, dass dieser hohe Raum stets so kühl war, manchmal schlich sie sich hierher, nur um kurz der Sonnenhitze zu entfliehen. Aber jetzt … als hätte jemand statt eines Föhnes einen Eishauch angestellt, der durch die Gänge pustete. Als Merle die Hand schon auf den Lichtschalter gelegt hatte, war ihr, als striche etwas an ihrem linken Knöchel entlang, vielleicht nur ein Windhauch, vielleicht … nur … Gänsehaut.

Merle löschte das Licht und schloss die Tür so hastig, dass ihr Schlafanzug beinahe darin hängen blieb.

Das Flüstern hob erst wieder an, als die Kinder schon auf der Treppe waren und die große Halle erneut in der Dämmerung lag.

„Weiß *sie* schon von ihrer Ankunft?"

Lange Zeit passierte nichts. Die Frage verging, löste sich auf in der Dunkelheit, doch dann … leise wie ein Windhauch: „Es ist zu gefährlich."

„Aber möglich."

„Wir könnten … es ist …", hauchte es zurück und der Rest verlief sich im leisen Aufrauschen der Bäume, das durch ein offenes Fenster drang.

Schokolade.

Wie konnte Merle vergessen, dass ihr Gehirn nur mit Schokolade richtig funktionierte? (Mal abgesehen davon, dass sie auch gut gegen nächtliche Hungerattacken half.)

Eines war jedenfalls klar: Mit Schokolade im Bauch würde Merle bestimmt endlich ein absolut phänomenales Theaterstück einfallen! Ha. Ha.

Sie lief durch den Schatten des Burghofes und klimperte mit dem Geld in ihrer kurzen Jeans. In dem Kiosk im Ort gab es Süßigkeiten, notfalls würde sie sogar normale Schokolade nehmen. Sie musste bloß gut aufpassen – Papa hatte ihr und Felix zwar etwas Ferientaschengeld mitgegeben. Aber eben nur *etwas*. Nämlich das, was noch in der Haushaltskasse gelegen hatte, als sie aufbrechen mussten, um den Bus zu erreichen.

Merle versuchte, nicht daran zu denken, was ihr Vater sich am Tag darauf zu essen gekauft hatte. Und wovon? Hatte er sich wieder etwas geliehen? Sie knetete ihren Daumen, aber dann gelang es ihr, den Gedanken fortzuschieben. Genau wie den, dass jeder Monat mit einem Ersten anfing, an dem man – unter anderem – Miete überweisen musste. Und Raten für eine Waschmaschine …

Die kleine Straße zum Dorf hinunter lag in der Sonne und Merle fing sofort an zu schwitzen. Sehnsüchtig sah sie zum Wald hinüber. Jenseits des stoppelig gemähten, grauen Grases begann hinter einer rot-weißen Schranke ein kleiner Weg, der in den Wald führte. Am Zaun hatte sich etwas Müll verfangen, Merle pflückte ihn aus dem Stacheldraht – ein Kaugummipapier. Sie strich es glatt. Moment … Das war doch die Marke, die Katti die ganze Zeit kaute! Merle runzelte die Stirn und sah zum Wald hinüber. Hm. Und wenn …?

Wenig später tauchte sie unter der Schranke am Ende der Wiese hindurch. Sie lauschte. Ein Eichelhäher keckerte, irgendwo rief ein Kuckuck, irgendwo raschelte es im Unterholz.

Zögernd lief sie los. Die Erde war nach den heißen Tagen hartgebacken und Merle wich ein paar Brennnesseln aus. Ein Hauch von Wind blies aus dem Tal hinauf und sie genoss die Kühle auf ihrem Gesicht.

Da hörte sie die Stimmen. Sie blieb stehen, erstarrt, doch der Wind war schon wieder gestorben, und das Einzige, was Merle jetzt hören konnte, waren die Lerchen über dem Feld weiter unten im Tal.

Mo-ment!

Die Stimmen waren von dort gekommen, Merle kniff die Augen zusammen. Und was lag dahinten, klein und silbern auf dem Weg?

Merle trabte den Waldweg entlang, schoss dabei einige alte Kiefernzapfen in den Farn – sie musste dringend wieder mal auf dem Bolzplatz trainieren – und hob schließlich das silberne Papierchen auf. Kaugummipapier Nummer zwei – Merle grinste breit und lauschte.

Als sie den Weg schließlich verließ, rollte sie ihre Füße ab wie eine Indianerin und bemühte sich, nur auf die blanke Erde zu treten, statt laut raschelnd durch das Laub zu rutschen. Sie presste sich an den Stamm einer Tanne und lauschte. Pock, pock, pock. Das Geräusch kannte sie. Und das war *kein* Specht.

„Mann, Alter, Bottle Flipping ist so was von out!", zischte Krissie zwei Meter schräg oberhalb von Merle im Nachbarbaum.

Jetzt wackelte der ganze Hochsitz. Merle musste grinsen. Was machten die eigentlich da oben?

Das schien Katti sich auch zu fragen. „Soll das etwa Moonwalk sein?", hörte Merle sie nörgeln.

Merle biss sich auf den Zeigefingerknöchel, um nicht loszukichern.

„Ich sehe euch dort sitzen
und total krass rumschwitzen!
Weil: Keiner hat ein Stück.
Das ist echt voll verrückt.
Denkt einfach krasser nach
und werdet doch mal wach."
Krissies Stimme antwortete Mick:
„Das ist von dir so schwach,
ich denk doch ständig nach!
Dir fällt ja auch nichts ein,
du bist doch echt ein Schwein!"

Katti kicherte bewundernd.

„He, steh mal endlich auf.

Du hast ja voll den Lauf!“, staunte Mick.

Der Hochsitz wackelte noch heftiger. Irgendjemand schien sich in seinen Beinen verheddert zu haben.

„Mann, Alter, keep your step.

Wir machen einen Rap“, hörte Merle Krissie sagen und:

„Ich bin so oberfresh,

ich mach total viel Cash“, antwortete Mick.

„Wir rappen das Theater voll,

die Leute finden uns ganz toll.“

Das war wieder Krissie, und jetzt ging Merle sicherheitshalber in Deckung, denn die Buche, an der der Hochsitz befestigt war, wackelte so heftig, dass ihre Äste durch die Luft peitschten.

Schließlich beruhigte sie sich und auch der Hochsitz hörte auf zu schwanken.

„Voll gut, dass wir nicht diese kleine Ratte haben wie die anderen“, sagte Katti, und Merle verstand erst überhaupt nicht, wer gemeint war.

„Yo“, antwortete Mick gedehnt. „Ich weiß sowieso nicht, was das Baby hier soll. Aber ist doch super, mit dem Kleinen haben diese Loser überhaupt keine Chance.“

Merle sah eine Ladung Spucke Richtung Tal fliegen. An der Stelle des Tales hätte sie zurückgespuckt, dachte sie und: Mann, der Vollhorst meint Felix!

Eine glühende Welle stieg in Merle auf. „Warte bloß ab“, wisperte sie. „Wir gewinnen. Und zwar genau wegen Felix!“

Als sie davonschlich, hörte sie Bushido von Micks Handy scheppern und die anderen aufgeregt durcheinanderreden. Sie biss die Zähne zusammen. Mick war so ein Idiot und Krissie und Katti voll die Zicken. Aber wenn sie es echt schafften, ein Rapstück auf die Bühne zu kriegen … Mick konnte tanzen. Im Gegensatz zum Beispiel zu ihr. Merle trat gegen den nächsten Baum.

7. Kapitel

Der Kiosk war geschlossen. Merle drückte ihre Nase an der Glasscheibe platt. Drinnen funzelte eine Hängelampe vor sich hin. Und das Schild, das an der Tür hing, behauptete außerdem, dass der Kiosk offen war. Wenn sie jetzt nicht bald Schokolade bekäme, konnte es durchaus passieren, dass sie jemanden beißen würde, sie konnte jedenfalls für nichts mehr garantieren … Merle sah sich um.

Neben dem Laden führte ein Durchgang hinter das Haus. Vielleicht hatte der Besitzer dort einen Garten und war gerade damit beschäftigt, seine Pflanzen zu füttern? Zögernd tastete Merle sich durch den Spalt zwischen den beiden Fachwerkhäusern. War das jetzt schon Hausfriedensbruch oder so was? In ihrem Bauch prickelte es, als sie über das Kopfsteinpflaster schlich. Zwischen den Ritzen nisteten Gras und Löwenzahn.

Tauben gurrten jenseits des Durchgangs und Merle verharrte. Was für ein verzaubertes Geräusch! Einen winzigen Moment lang hielt sie alles für möglich, als könnte sie sich mithilfe von Taubenzauber gleich in einer vergangenen Zeit wiederfinden. Wie die Kinder in ihrem alten Lieblingsbuch.

Vorsichtig streckte sie den Kopf heraus, nur für den Fall, dass dort Ritter auf sie lauerten. Tatsächlich stand dort ein riesiger alter Mann und drehte ihr den Rücken zu. Er war umgeben von Vögeln – Tauben vor allem, auch Krähen und Elstern konnte Merle erkennen. Er schien sie zu füttern, wieder und wieder warf er etwas aus einem Beutel, den er sich um den Bauch gebunden hatte, in die Vogelschar hinein.

Moment, das war doch der alte Friedrich! Der Mann, der sie in seinem auseinanderfallenden Jeep zur Burg gebracht hatte. Merle krümmte die Zehen in ihren Flipflops zusammen. Bisher hatte er sie noch nicht bemerkt, und sie war sich nicht sicher, ob sie diesem alten Kauz unbedingt wiederbegegnen wollte. Eine Sekunde lang überlegte sie sogar, die Schokolade Schokolade sein zu lassen.

Oder später Felix zu schicken.

Friedrich Schiller summte zufrieden eine Melodie, während er die Vögel fütterte. Sie kam Merle vage bekannt vor, aber natürlich fiel ihr nicht ein, welches Lied es war. Ob der Alte überhaupt etwas mit dem Kiosk zu tun hatte?

Und dennoch: die pickenden Vögel, der summende Mann, die gurrenden Tauben – es war wie ein friedlicher Traum, und Merle blieb wie hypnotisiert stehen und sah zu, wie die Vögel sich eifrig um den Alten scharten.

Schließlich drehte er sich um, und Merle erschrak ein weiteres Mal, als sie bemerkte, wie wenig überrascht er war. Er musste die ganze Zeit gewusst haben, dass sie dort stand!

Der alte Friedrich strich sich über den Bart. „Na?“, fragte er freundlich. „Möchtest du etwas aus dem Kiosk haben?“

Merle nickte. „Ist es Ihr Kiosk?“

„Ich komme sofort“, sagte er statt einer Antwort und griff ein weiteres Mal in seinen Beutel. Einige Vögel flatterten auf.

„Sofort, sofort“, sang er leise und die Vögel beruhigten sich wieder.

„Okay“, murmelte Merle. „Ich … ich warte vorne.“

Das Gefühl, sich nicht mehr in der Wirklichkeit zu befinden, wurde übermächtig, und Merles Beine trugen sie ganz von selbst durch den kühlen, muffig riechenden Durchgang auf die Straße zurück.

Sie atmete auf. Draußen fuhr ein stinkendes Motorrad vorbei, ein Kastenwagen von der Post hielt vor dem gegenüberliegenden Haus. Merle stellte sich vor den Kiosk und studierte die Titelblätter der Illustrierten. Sie kniff die Augen zusammen: viel Gelb und Rot.

Sie hörte Friedrich nicht, plötzlich stand er neben ihr. „Warum gehst du nicht hinein?“

Merle blickte ihn verwundert an.

Er drückte die Tür auf, wobei sie ordentlich schepperte. „Sie klemmt. Aber ich schließe nie ab."

Er musste seinen Kopf einziehen, um durch die Tür zu passen. Merle folgte ihm nach drinnen. „Klaut denn nie jemand etwas bei Ihnen?", fragte sie ungläubig.

„Würdest du das tun?"

Merle schüttelte den Kopf.

„WO WARST DU?"

Merle stieß vor Schreck gegen die wieder zufallende Tür und sah sich panisch um.

„WO? WO? WO?", klang es aus der Tiefe des Raumes, aber dort war niemand und der alte Friedrich sah sich noch nicht einmal um. Stattdessen grinste er in seinen dicken Bart hinein.

„Ich … wer war das denn?", fragte Merle mit klopfendem Herzen.

„Komm! Ich zeige es dir."

Hinten im Laden befand sich eine Tür, die einen Spalt offen stand. Friedrich stieß sie auf, sie führte in eine kleine Kaffeeküche mit einem beinahe zugewachsenen Fenster (wilder Wein) auf genau den Hof, in dem Friedrich eben noch die Vögel gefüttert hatte.

„WO WARST DU?"

Merle entdeckte den großen Käfig in der Ecke der Küche sofort. Entzückt trat sie näher.

„Ich war weg. In der Burg", antwortete sie höflich und drehte sich dann zu Friedrich um. „Ein Nymphensittich! Woher haben Sie den denn?"

Die Augen des alten Mannes waren warm. „Er ist mir zugeflogen auf einer meiner Reisen. Aber pass auf, steck den Finger nicht in …"

Zu spät.

Merle steckte Finger grundsätzlich in Käfige. Besonders, wenn Vögel darin saßen, und ganz besonders, wenn diese Vögel auch noch sprechen konnten.

Sie war noch nie gezwickt worden, niemals. Papa sagte immer, Merle habe wohl eine ganz besondere Beziehung zu Vögeln, aber das stimmte gar nicht: Merle hatte eine ganz besondere Beziehung zu *allen* Tieren.

Früher hatte Papa ihr oft Bücher vorgelesen, in denen Kinder die Tiersprache konnten oder aber Tiere die Menschensprache. Merle hatte allerdings damals schon gefunden, dass man sich, auch ohne zu reden, mit Tieren unterhalten konnte. Es war gar nicht so schwer zu verstehen, was sie wollten oder brauchten.

Dieser Vogel brauchte jetzt zum Beispiel eine Kopfkraulung.

„Schade, dass Vögel nicht schnurren können", sagte Merle zu Friedrich, der sie erstaunt beobachtete.

Er schüttelte langsam den Kopf. „Also, Ringelnatz hat sich ja noch nie von einem Fremden streicheln lassen …"

Merle zuckte die Schultern. Diesen Satz kannte sie.

„Ich mag alles mit Natur", sagte sie leise. „Ich helfe auch manchmal beim NABU oder im Tierheim, wenn ich Zeit habe."

„Du hast auf jeden Fall Hände, die zupacken können", sagte der alte Mann schmunzelnd.

„Grabekrallen", nickte Merle, ohne sich umzudrehen. „Mein Vater hat mich früher immer ‚mein kleiner Maulwurf' genannt. Inzwischen sagt er ‚meine kleine Naturkatastrophe'."

Es war übrigens gar nicht wahr, dass Nymphensittiche nicht schnurren konnten, denn dieser hier konnte es, wie Merle feststellte. Wahrscheinlich hatte er es sich bei einer Katze abgeguckt.

„Was möchtest du denn?", fragte der alte Friedrich, als Merle schließlich sattgekrault in den Laden zurückkehrte.

Ihr Blick glitt die Regale an der Theke entlang. Es gab das Übliche – Schokoriegel, Müsliriegel, Tüten mit Gummibärchen, lauter Fächer voller Sachen wie kleine Kirschlollis, Lakritzschnecken und Salzlakritzheringe –, aber darüber hinaus das eine oder andere, das sie noch nie in einem Kiosk gesehen hatte: essbare Oblaten in Form von alten Märchengestalten (in Rosa), Tütchen mit Brausepulver (solche, wie Papa sie ihnen einmal mitgebracht hatte, weil sie ihn an seine Jugend erinnerten) und … in einem Extraregal ungefähr vierzehn Schokoladensorten aus allen möglichen Ländern, ausgestellt wie in Buchhandlungen die neuesten Bücher. Mindestens zwei davon waren tiefdunkle Sorten und Merle begann zu strahlen.

Apropos: Auch einige Bücher standen dort herum,

aber nicht so die aktuellen Thriller, sondern solche, die aussahen, als seien sie schon längst vergessen worden draußen in der Welt. So schön gemalt … Merle trat näher und fuhr zart mit dem Zeigefinger über eines der Cover. „Gänseblümchens wundersame Verwandlung“, hieß es. Ein Märchenbuch bestimmt, ein winziges Mädchen war darauf abgebildet, weiß, der Kopf eine Gänseblume mit Augen darin, darunter ein Kinderkörper.

„Kann ich dir eine Schokolade empfehlen?“

Merle kehrte aus ihren Betrachtungen zurück, und im ersten Moment wusste sie nicht, wie viel Zeit vergangen war. Aber als sie durch das Fenster blickte, sah sie den kleinen Lastwagen von der Post immer noch auf der Straße stehen.

„Dunkle Schokolade. Also richtig dunkle. Am liebsten mit über achtzig Prozent Kakaoanteil“, sagte sie.

Der alte Friedrich sah sie prüfend und mit plötzlich sehr wachen Augen an.

„Bist du so freundlich, einmal näher zu treten?“

Merle zuckte die Achseln. „Ich … wenn es nötig ist. Damit Sie mir die Schokolade geben, meine ich.“

Zögernd machte sie einen Schritt vorwärts und der alte Friedrich bückte sich zu ihr herab. Prüfend sah er ihr ins Gesicht, dann schüttelte er den Kopf.

„Ich frage mich … aber eigentlich … es wäre schon überraschend …“

„Was denn?“, unterbrach Merle ihn.

„Ich kannte mal ein Mädchen, ein kleines Mädchen, das war dir ähnlich, wenn sie auch nicht so ein merkwürdiges Zeichen im Gesicht hatte wie du …"

„Wie denn ähnlich? Sah sie so aus wie ich?"

„Sie sah dir ähnlich, ja. Sie hatte allerdings längere Haare", sagte der alte Friedrich nachdenklich. „Vor allem aber liebte sie ebenfalls dunkle Schokolade, schwarz wie die Nacht." Friedrich lächelte tief in Gedanken. „Das ist selten, besonders bei kleinen Mädchen … Und … ja, sie fühlte sich ebenso zu Vögeln hingezogen wie du …"

Merles Brust wurde eng. „Wissen Sie noch, wie sie hieß?"

Der alte Mann schüttelte langsam den Kopf.

„Haben Sie denn immer schon hier gelebt?"

„Der Kiosk hat früher meinem Vater gehört. Aber als junger Mann habe ich diesen Ort verlassen und bin in die Welt gegangen. Ecuador, Brasilien, Indien …" Er seufzte. „Nur um im Alter zurückzukehren, wie du siehst, um auf dem Land ein wenig Ruhe zu finden. Jetzt führe ich den Kiosk weiter und habe viel Zeit, die alten Sagen und Geschichten meiner Heimat zu studieren …"

„Und das Mädchen?", erinnerte ihn Merle.

„Das Mädchen, ja. Bevor ich den Ort verließ, da kam sie von Zeit zu Zeit zu meinem Vater in den Kiosk. Und immer kaufte sie nachtschwarze Schokolade. Und Vogelfutter." Friedrich lachte.

„Es könnte … meine Mutter gewesen sein", sagte Merle.

Friedrich zog die Augenbrauen zusammen. „Ja, tatsächlich. Das wäre möglich! Stammt sie denn von hier?"

Merle nickte. „Aber sie ist auch schon lange … weggegangen", sagte sie und schüttelte sich kurz, wie immer, wenn sie an Mama dachte.

Friedrich nahm eine Schokoladentafel aus dem Regal und legte sie auf die Theke. „Ich denke, die hätte deiner Mutter gefallen. Du sagst mir anschließend, ob du sie mochtest."

Merle nickte wieder. „Dann kannten Sie Mama aber nicht sooo gut, oder?"

Friedrich schüttelte bedauernd den Kopf. „Nicht sooo gut, nur ein wenig."

„Und fünf Lakritzschnecken noch für meinen kleinen Bruder", bat Merle. „Wenn Sie mal Zeit haben, erzählen Sie mir dann trotzdem noch ein bisschen was über sie?"

„Aber natürlich. Alles, an das ich mich erinnere …"

Die Tür rumste auf, die Ladenklingel schepperte erbost und zwei Kinder kamen in den Laden gestürzt.

„WO WARST DU?!", schrie der Nymphensittich wieder, aber die beiden kümmerten sich nicht darum, sie schienen den Vogel schon zu kennen.

Durch die Glasscheibe sah Merle den Postboten die Straße überqueren und ebenfalls auf den Kiosk zusteuern. Vielleicht wollte er sich auch ein paar Lakritzschnecken kaufen.

Sie legte das Geld auf die Theke, Friedrich kassierte und legte den Kassenzettel zwischen die Schokolade und das Papiertütchen mit den Schnecken. Merle ließ alles in den Rucksack gleiten.

„Wie heißt du denn eigentlich?“, fragte Friedrich, während die beiden Kinder hinter ihr sich schon aus dem Süßigkeitenregal bedienten.

„Merle. Paulsen.“

Aber jetzt musste Friedrich eingreifen, bevor das Regal leer geräubert war. „Freda, Janosch!“, rief er. „Was kann ich für euch tun?“

Merle drückte sich an den beiden und dem Postboten vorbei und huschte in das Sonnenlicht. Zögernd sah sie sich um.

Mama.

Hier war sie entlanggelaufen, auf dieser Straße, als sie ein kleines Mädchen war.

Sie wusste gar nicht, wo Mama genau gewohnt hatte, in welchem Haus. Sie musste unbedingt Papa danach fragen, wenn sie mit ihm telefonierte.

Vielleicht konnte Friedrich Schiller ja auch helfen. Sie sah sich um und überlegte, ob sie zurück in den Kiosk gehen sollte und ihn fragen. Aber durch die Scheibe sah sie den Postboten vor dem Tresen gestikulieren und lachen.

Ein anderes Mal.

Freda und Janosch kamen aus dem Kiosk und sahen Merle groß an. Sie mussten ungefähr so alt wie Felix sein.

„Hey", sagte Merle.

Freda leckte an einem Kirschlolli. „Wohnst du jetzt da oben auf der Burg?", fragte sie.

Merle nickte. „Na ja, nur ein bisschen. Bloß für eine Woche."

„Bei dem Grafen?"

„Nee. Auf der anderen Seite", sagte Merle.

„Der Graf ist nett", stellte Janosch fest.

Merle verschluckte sich an ihrer eigenen Spucke. „Findest du?", hustete sie.

„Klar. Sagt Omi immer. Der hat hier alle Häuser heile gemacht, sagt Omi."

„Aha."

Aber jetzt interessierten sich Freda und Janosch nicht weiter für sie. Vor dem Schaufenster blieben sie stehen und spielten ein Klatschspiel.

„Lutschbonbon,
Qualität eins a,
alle Affen
und Giraffen
machen hoppsassa,
alle Schweine
ohne Beine
machen määääh …"

Merle musste grinsen. Und plötzlich, ohne Vorwarnung, fiel ihr ein, woher sie die Melodie kannte, die Friedrich beim Taubenfüttern im Hof gesummt hatte: Mama hatte sie auch gesummt, immer dann, wenn sie ihr abends beim Ins-Bett-Bringen die Augenlider zugestreichelt hatte, damit sie schneller einschlief. Da war Merle noch ganz klein gewesen.

Merle schloss die Augen. Ganz deutlich hörte sie die Melodie jetzt in ihrem Kopf – und sie hörte sie mit Mamas Stimme.

Als Merle später den Rucksack ausräumte und die Schokolade nach kurzem Zögern in ihren Kulturbeutel versenkte (nur zur Sicherheit), fiel ihr der Kassenzettel wieder in die Hände. Sie strich ihn sorgfältig glatt, damit sie Papa später zeigen konnte, wofür sie das Taschengeld ausgegeben hatte.

Auf die Rückseite war etwas gedruckt. Merle hielt den Zettel ins Badezimmerlicht.

Lustig.

Vielleicht hatte er das ja gemacht, weil er einen Schriftstellernamen hatte?

Nur ein einziger Satz stand dort …

Ich singe,
wie der Vogel singt,
der in den Zweigen
wohnet.

Zweiter Teil

Das Bildnis der Schlafenden

Geduld nur: Zaubrer wissen ihre Zeit.
Die tiefe, finstre Nacht, das Graun der Nacht,
Die Zeit, da Troja ward in Brand gesteckt;
Die Zeit, wo Eulen schrein und Hunde heulen,
Wo Geister gehn, ihr Grab Gespenster sprengen:
Die ziemt sich für das Werk, womit wir umgehn.

William Shakespeare: Heinrich VI.

Weit, weit leuchtete der Schnee im Mondlicht. Diese lange Winternacht, in der so viel Grausames geschah – sie lebt in mir, sie wird mich nie verlassen.

Nirgendwo flackerte ein warmes Licht, kein Feuerschein und keine Kerze, und doch war Weihnachten eben erst vergangen und der Dreikönigstag noch nicht gekommen.

Die Kirchturmuhr schnarrte, ächzte kurz und nun schlug sie die Zeit, zwölf dumpfe Hammerschläge. Sie waren kaum verklungen, da hörte ich das kommende Unheil.

Gedämpftes Knirschen, jemand keuchte den Weg zwischen den Bäumen bergan. Ein Mann, er folgte den beiden Fußspuren im Schnee, der kleinen und der großen; sein Kopf war unbedeckt und voller heller Locken. An der Seite trug er einen Degen.

Das Unheil, es nahm seinen Lauf und nichts konnte es hindern. Auf der Lichtung würden sie sich treffen.

Das Kind.

Und zwei Männer.

Und auch der andere trug einen Degen …

Hätte ich menschliche Augen gehabt, meine Tränen wären in dieser Winternacht gefroren wie zarte Juwelen der Trauer; hätte ich ein menschliches Herz besessen, es wäre in tausend Stücke zerborsten.

Und dann – unter dem leisen Gesang der Sterne – folgte eine leichte Gestalt den Pfaden der anderen, ein Mädchen zwischen Kind und Frau. Sie hastete den Weg entlang, nur in ein Wolltuch gehüllt. Der Frost würde sie fressen! Wusste sie, wie wenig Zeit ihr blieb?

Da plötzlich wurde mir warm, plötzlich wusste ich, was ich zu tun hatte. Wer meine unhörbaren Worte erfühlen würde, wer diese Kinder retten konnte.

Ich machte mich auf den Weg durch die kristallklare Luft.

Und nur die Sterne sahen zu.

8. Kapitel

Unter dem dunklen Himmel huschten Eulen und Fledermäuse auf der Jagd, Frösche quakten in einem weit entfernten Teich, die Nacht war warm und ruhig.

Bis Merle schrie.

Der Schrei drang durchs offene Fenster und verlief sich draußen zwischen den Bäumen. Die Luft, die von außen eindrang, schmeckte schon nach neuem Tag. Merle setzte sich schwer atmend auf und wischte sich die nass geschwitzten Haare aus dem Gesicht. Sie wartete, bis ihr Atem sich beruhigt hatte, dann schwang sie die Beine über den Bettrand und trat ans Fenster. Es ließ sich leider nicht richtig öffnen. Merle lehnte ihre Stirn an das Glas.

Was hatte sie nur geträumt?

Die Mädchen hinter ihr schnauften, Katti grunzte und drehte sich auf die andere Seite. Draußen aber erwachten die Vögel – erst einer, zögernd (als wollte er ausprobieren, ob sein Schnabel noch funktionierte), dann ein nächster. Merle hauchte gegen die Scheibe.

Warum bloß hatte sie so geschrien, dass ihre Kehle sich ganz rau anfühlte?

Und dann fiel es ihr plötzlich ein: ein Raum, eng und niedrig. Dunkel und … feucht.

Ein Schimmer. Er kommt von oben, sickert durch irgendwelche Ritzen, vielleicht von einer Falltür über ihr? Stein bohrt sich in Merles Rücken, feuchter Stein. Der Boden kalt. Erde. Etwas krabbelt in ihrer Nähe. Jetzt drückt sich jemand Warmes an sie und sie legt die Arme um ihn und die Hand auf seinen Mund. Felix.

Dann Schritte, oben vor der Falltür. Sie halten inne. Leise, leise hört sie ein Streichholz zischen, jemanden fluchen, erneutes Zischen, erneutes Fluchen.

Die Schritte kommen näher, Merle spürt das Holz über sich vibrieren, jetzt bleiben sie stehen. Jemand lauscht.

Wie lange kann man den Atem anhalten?

Und wenn man nicht mal sieben ist?

Sie hört jemanden lachen, ganz leise. Erde rieselt in feinen Spuren auf sie herab. Er wird sie finden, sie und den Kleinen. Merle schließt die Augen.

Wieder knarrt das Holz.

Dumpfe Schritte.

Eine Tür quietscht. Und dann dreht sich ein Schlüssel im Schloss. Sie sind gefangen.

Endlose, endlose Finsternis.

Endlose, endlose Ewigkeit.

Er weiß, dass sie hier unten sind, er *muss* es gemerkt

haben. Warum sonst hat er abgeschlossen? Er will, dass sie hier erfrieren. Erst im Frühjahr wird wieder jemand herkommen, jetzt, im Winter, wird niemand sie finden …

Und dann schreit Merle.

Sie schreit um Felix' und ihr Leben.

Wie wunderschön die Vögel dort draußen den Tag ansangen! Merle am Fenster war dankbar, dass sie das Dunkel des Traums hinter sich lassen konnte. Wie gerne würde sie fliegen können, der Sonne entgegenschweben in den aufblühenden Morgen! Vielleicht, wenn sie es sich wirklich fest und ernsthaft wünschte … Es kribbelte in ihren Fingerspitzen und einen wunderwilden Moment dachte Merle, ihre Hände würden sich in Federn verwandeln und sie würde durch den Fensterspalt schlüpfen können, als jemand „Mann, was machst du denn da am Fenster? Wieso bist du überhaupt schon wach?", hinter ihr krächzte.

Merle drehte sich um. Krissie blinzelte ihr durch ihr wirres blondes Haar entgegen.

‚Weil es so schön ist, den Morgen zu beobachten', hätte sie antworten können. Oder: ‚Warum eigentlich nicht, du alte Schnepfe?'

Vielleicht war es der Traum, der Merle noch lähmte. Oder sie war einfach noch müde. Jedenfalls ertappte sie sich selbst dabei, wie sie verlegen zurück in ihr Bett huschte und sich die Decke über das Gesicht zog.

„Aaalso“, wiederholte Mareike nach dem Mittagessen und sah Mick streng an. „Habt ihr das jetzt verstanden? Wir machen ein Geländespiel. Sebastian und ich haben zwölf bunte Bänder versteckt …“

„Wann habt ihr das denn gemacht?“ Krissie bekam große, runde Augen.

„Gestern Nacht“, sagte Sebastian und grinste.

Alle grinsten.

Bis auf Mareike und Wladimir. Mareike wurde flammend rot und Wladimir konnte nicht grinsen, offensichtlich.

„Okay, zurück zu dem Geländespiel“, sagte Mareike. „Auf jedem Band steht ein Rätsel, wo das nächste zu finden ist. Die Gruppe, die nachher die meisten Bänder hat, gewinnt *mich* als Plakatmacherin für euer Theaterstück.“ Sie verbeugte sich vor einem imaginären Publikum nach rechts und nach links. „Danke, ihr könnt jetzt aufhören zu klatschen. Ich kann euch aber versichern, ich kann echt *super* Plakate machen. Moment, bevor ihr alle losrennt: JETZT. KOMMT. DAS. WICHTIGSTE!“

Mick, Krissie und Katti kamen genervt zurückgeschlendert.

„Ihr erinnert euch daran, was der Graf gesagt hat, nicht? Der Berg hinter der Burg ist tabu“, betonte Mareike, als sie sicher war, dass ihr alle zuhörten.

„Was für'n *Berg?*“

„Was ist tabu?“

„Ja, Mick, schon klar, du musst nicht jedes Mal raushängen lassen, dass du schon im Himalaya warst, und tabu ist ein anderes Wort für VERBOTEN, Katti!“

Pissikacki kauten Kaugummi und grinsten.

„Der ganze Hügel dort“, Sebastian machte eine großzügige Geste, die genau betrachtet gleich mehrere Hügel einschloss, „gehört zur Burg. Schon seit Jahrhunderten. Und das ist absolutes Privatgelände von Graf von Hohenhartt. Wenn ich euch da erwische …“

„Was dann? Erschießen? Foltern? Erhängen?“, fragte Mick und machte ein gelangweiltes Gesicht.

„Mick, das ist ernst!“ Sebastian zog die Augenbrauen hoch. „Dann ist der Aufenthalt hier und der Theaterkurs beendet! Dann rufe ich sofort eure Eltern an.“

Mick schluckte, Katti wurde etwas blass. Krissie nickte. „Okay, geht klar.“

„Wir treffen uns in zweieinhalb Stunden im Burghof“, sagte Sebastian und sah auf seine dicke Sportuhr. „Mareike und ich haben da eine Über*raschung* vorbereitet und …“

Aber als er wieder hochsah, stand er allein vor dem Burgtor. Bis auf Mareike, die in die Sonne blinzelte und ihm verlegen zulächelte.

„Los, kommt, dort entlang!“, zischte Wladimir den anderen zu. „Wenn die Schickimickis dahinten suchen, fangen wir hier an!“

Jannis rannte mit Felix an der Hand los, der Kleine quietschte begeistert.

„Pssssssst!“

„Wo beginnt denn das verbotene Gelände?“, fragte Jannis.

Merle zuckte die Achseln. „Hier bestimmt noch nicht. Vielleicht ist da ja irgendein Zaun oder so.“

Sie liefen über die graue Stoppelwiese zum Wald hinüber. Mücken tanzten in der Sonne, Bienen brummten um einen Bienenstock, um den sie vorsichtshalber einen Bogen machten. Unter den alten Buchen, durchsetzt von einzelnen Nadelbäumen, schlug ihnen Kühle entgegen. Hier verlief der Waldweg, der hinter der Schranke begann, parallel zum Tal, und etwas unterhalb stand der Hochsitz, Schickimickipissikackis geheimer Treffpunkt.

„Meinst du, die haben die Bänder hier versteckt?“

„Keine Ahnung. Willst du denn unbedingt, dass Mareike unser Plakat malt?“

Merle warf Wladimir einen Blick zu. „Im Moment könnten wir auch einfach ein weißes Blatt nehmen, oder? Kein Stück – kein Plakat.“

„Wir kriegen das schon noch hin“, beruhigte Jannis sie. „Auf jeden Fall finden wir hier vielleicht einen Ort, wo wir in Ruhe das Stück, das es nicht gibt, üben können. Ich schätze übrigens mal, hinter diesem Stacheldrahtzaun ist das Gelände des Grafen …" Der Zaun folgte ihnen etwas oberhalb des Weges schon eine ganze Weile, verborgen hinter einigen Tannen. „Der knickt hier ab", stellte Jannis fest. „Und wenn wir auf *dieser* Seite vom Stacheldraht auf den Berg klettern? Da sind wir auf jeden Fall nicht auf dem verbotenen Gebiet. Vielleicht gibt es oben irgendeinen Unterschlupf, für Rehe oder so. So nah am Gelände des Grafen suchen uns die Schickimickis nie im Leben. Die sind doch nicht lebensmüde."

Merle grinste. „Nee. Die sind ein bisschen feige."

Felix ließ das erste Mal am heutigen Tag Jannis' Hand los und rannte voraus. Aufwärts und aufwärts, immer in der Nähe des Zaunes. Jannis stolperte, unter dem alten Laub versteckten sich Wurzeln. Oder auch nicht – bei Jannis war Stolpern wohl so eine Art Hobby.

„Wartet mal", rief Merle, als sie an einer Stelle ankamen, unterhalb derer die Bäume eine Art Schneise in Richtung Burg bildeten, „bleibt mal stehen, vielleicht können wir die Bänder von hier aus ja sehen."

„Ah, verdammt! Was ist das denn?", brüllte Jannis hinter ihr.

Merle wirbelte herum, aber Jannis war nicht zu sehen. Im Unterholz hinter ihnen rauschte es heftig. Als würde Jannis gegen etwas kämpfen.

„Hau ab! Lass das! Verschwinde!“ Seine Stimme wurde immer schriller. Dann brach er aus dem Gebüsch heraus, die Augen voller Panik.

„Das verrückte Vieh!“, keuchte er. „Rennt!“

Merle genügte ein Blick auf den riesigen braunweiß geflammten Vogel mit dem kleinen, sehr spitzen Schnabel, und sie beschloss, Jannis' Empfehlung zu folgen. Sie rannte.

Eine Eule. Oder ein Kauz. Warum, zum Kuckuck, griff der sie hier an?

Ein Nest. Er hatte bestimmt ein Nest mit Jungen in einem hohlen Baum irgendwo in der Nähe und wollte die Kleinen schützen … Shit! Der verdammte Vogel trieb sie genau auf den Stacheldraht zu, und es blieb ihnen nichts anderes übrig, als hindurchzuschlüpfen. Jannis holte sie ein, er rollte sich gleichzeitig mit Merle und Felix unter dem untersten Draht hindurch; Wladimir war hinübergesprungen. Merles Lunge tat weh und ihr Atem schmeckte nach Blut.

Der Vogel blieb hinter ihnen wie ein Schatten, geschickt schlug er Haken um die Baumstämme. Merle roch seinen Wildgeruch, während sie weniger geschickt Haken um die Bäume schlugen und über tote Äste stolperten. Mann, sie mussten doch jetzt weit genug von seinem Nest entfernt sein! Warum hatte der überhaupt im August noch Junge?

Im falschesten aller Momente knickte Merles linker Knöchel um. Einfach so.

Sie zog die Luft scharf zwischen den Zähnen ein und versuchte weiterzurennen. Aber ihr Knöchel weigerte sich. „Verfluchte Kacke!"

Jannis drehte sich um, Merle spürte den Schatten des Vogels, ohne nach hinten zu blicken.

„Renn!", keuchte sie. Und Jannis gehorchte.

Panisch sah Merle sich um.

Eine Kuhle, überwuchert von Unterholz mit Stechpalme und Brombeerranken dazwischen – vielleicht würden die Dornen dieses fliegende Monster abhalten. Stöhnend hechtete sie in die Senke hinein, und als verschiedene Spitzen sich durch ihr T-Shirt bohrten, dachte sie, dass diese Stechpalmen-Brombeer-Mischung unter normalen Umständen wohl auch Menschen abhielt. Außer Menschen, die von durchgeknallten Vögeln verfolgt wurden.

Und dann lag sie in der Kuhle. Ein Zweig bohrte sein spitzes Ende zwischen ihre Rippen und ihre Arme fühlten sich wund an. Wahrscheinlich würden sie bluten, wenn Merle sich trauen würde nachzuschauen. Gut, dass es im Wald wenigstens keine Haie gab. Ha, ha.

Sie rollte sich ganz dicht zusammen, ihr Herz pochte in ihren Ohren. Vielleicht waren es auch die Schritte der anderen, die sich durch das Gebüsch kämpften. Hoffentlich, hoffentlich erwischte der Vogel sie nicht.

Im nächsten Moment hörte sie es.

Den Schrei. So schrill. So voller Angst.

Felix! Ob das Raubtier ihn erwischt hatte?

9. Kapitel

Gefroren vor Schreck lag Merle in ihrem Dornengefängnis, während ihr die Tränen über die Wangen liefen. Bis der zweite Schrei ertönte.

Nein, das war nicht Felix, oder? Eher ein Tier – vielleicht der Kauz, sauer darüber, dass seine Beute ihm entwischt war.

Kurze Zeit später glitt ein Flügelschatten über ihr Versteck hinweg. Merle linste durch die harten, glänzenden Blätter der Stechpalme nach oben. Hoffentlich würde er jetzt endlich verschwinden!

Das aber schien der Kauz gerade nicht vorzuhaben. Großes Geflattere. Die Zweige über Merle wackelten und ihr brach der Schweiß aus. Nein! Das konnte jetzt nicht wahr sein! Er war irgendwo gelandet. Er musste sie erspäht haben!

Stille.

Wo war dieses Vieh?

Merle stützte sich vorsichtig auf ihre Ellenbogen. Links neben der Grube saß ein dunkler Körper. Immerhin bewegte er sich nicht. Oder doch, Moment – putzte der sich etwa die Flügel? Unter den Stacheln schob Merle sich vorsichtig etwas höher und da …

… traf ihr Blick den des Kauzes. Kugelrunde schwarze Augen, die Merle unverwandt ansahen, ohne dass der Vogel Anstalten machte, sich auf seine Beute zu stürzen.

Gebannt sah Merle in diese Augen. Etwas Uraltes lag darin, ihr war, als wollte der Vogel ihr etwas mitteilen. Das erste Mal in ihrem Leben bedauerte Merle, dass sie Papa nicht besser zugehört hatte, wenn er aus den Büchern vorlas, in denen Mädchen mit Tieren sprechen konnten.

Dann zwinkerte der Kauz und mit einem mächtigen Flügelschlag erhob er sich wieder in die Luft. Merle lauschte dem Sausen der Schwingen, bis es nicht mehr zu hören war.

Sie rieb sich ihren schmerzenden Knöchel. Was hatte dieser Vogel bloß von ihr gewollt? Und wo waren die anderen? Bis auf das sanfte Rascheln der Buchen und ein wenig Vogelgezwitscher war nichts zu hören. Doch … Jetzt …

Schritte. Eines einzelnen Menschen.

Merle biss sich auf die Unterlippe. Wenn dieser Vogel nun so eine Art natürliche Kampfdrohne vom Grafen war, die ihn irgendwie gewarnt hatte, dass jemand auf sein Gebiet eingedrungen war – oh, oh, das würde Ärger geben!

Die Schritte kamen näher.

Und näher.

Erst als der Mensch über irgendetwas stolperte und der Waldboden ächzte, als er der Länge nach hinfiel, war Merle sicher, um wen es sich handelte. Sie richtete sich auf und schob sich unter den stachligen Zweigen hinaus ins Freie.

„Jannis!", rief sie leise.

Jannis' Kopf tauchte am Rand der Kuhle auf. Er grinste. „Hat der Busch dich angegriffen?"

Merle warf einen langen Blick auf Jannis' blutende Knie. „Und du? Kleinen Kampf mit dem Waldboden gehabt?"

Sie kicherten beide.

„Was war das eigentlich?"

„Irgendein Kauz", sagte Merle. „Können total aggressiv sein, wenn sie ihr Nest verteidigen müssen."

„Woher weißt du das denn?"

Merle legte den Kopf schief. „Ich interessiere mich für Natur", sagte sie, „schon vergessen? Ich habe ein Vogelbestimmungsbuch zum Geburtstag gekriegt. Weiß aber nicht, was für ein Kauz genau das war."

„Ach, wie schade! Wenn der uns gefressen hätte, hätte ich wirklich, wirklich gerne gewusst, im Magen welcher Kauzsorte genau ich gelandet wäre."

„Ha, ha, ha. Wo sind denn die anderen?"

Statt einer Antwort grinste Jannis nur und nickte mit dem Kinn irgendwo in den Wald hinein.

Merle sah sich um, die Dächer der Burg waren gerade noch zwischen den Bäumen zu erkennen. Sie mussten ein gutes Stück gerannt sein auf der Flucht vor diesem Killervogel.

„Verdammt, ist dir eigentlich klar, dass wir hier mitten auf dem Gelände des Grafen sind? Der bringt uns um!"

Jannis hatte sich jedoch schon in Bewegung gesetzt. „Ach was, der kann auch nicht schlimmer sein als der Vogel. Warte mal ab, bis du siehst, was wir gefunden haben!"

„Gefunden?", flüsterte Merle ihm hinterher.

Aber Jannis kletterte den Berg so schnell hinauf (wobei er sich klugerweise an den Bäumen festhielt), dass Merle nichts anderes übrig blieb, als ihm zu folgen. Sie trat vorsichtig auf, zum Glück tat der Knöchel kaum noch weh. Und dann war Jannis plötzlich verschwunden. Wie vom Hügel aufgefressen. Verwirrt blieb Merle stehen. Dunkelgraue Felsen stachen da und dort aus dem Boden. Von hier aus konnte Merle schon beinahe die Bergkuppe in der Höhe erkennen. Weit unter sich sah sie dagegen die Schickimickis hintereinander über die Wiese traben. Wie ein zerfranster Regenbogen flatterten bunte Bänder hinter ihnen her.

„He, Merle, komm mal her!"

Merle sprang beinahe einen halben Meter in die Luft vor Schreck. „Wo bist du denn?"

„Hier!"

„Hier“ standen Bäume. Eine ganze Menge davon. Hatte einer von ihnen Jannis vielleicht verschluckt und sprach jetzt mit seiner Stimme? „Sehr witzig, ich seh dich nicht.“

Dann folgte ein Geräusch wie aus einem Psychohorrorfilm, und Merle fühlte sich, als wäre sie durch Raum und Zeit in ein Paralleluniversum gefallen. Denn dieses Geräusch durfte es doch hier gar nicht geben, es konnte …

„Wo? Bist? Du???? Sag es einfach!“ Nasse Hände.

Plötzlich stand Wladimir vor ihr.

„Komm!“

Er nahm sie an die Hand, seine Handfläche fühlte sich trocken an und warm und Merles Herz tat aus unerfindlichen Gründen einen Extraschlag.

„Ich habe etwas gefunden“, flüsterte Wladimir, ungewöhnlich aufgeregt. Vor ihnen machte der Waldboden einen Buckel, Wladimir zog sie seitlich daran vorbei. Und da …

… rückten die beiden Universen wieder zusammen und verschmolzen widerspruchslos zu einem einzigen, denn hier war der Grund für das unheimliche Geräusch, das nicht in den Wald hineingehörte: das Wimmern und Krächzen der uralten Scharniere einer uralten Tür. Direkt vor Merle. Denn der kleine Hügel war …

„Eine Hobbithöhle“, hauchte Merle.

„Ein Eiskeller“, flüsterte Jannis ihr entgegen.

Wladimir zog sie weiter, über die steinerne Schwelle, erneut klagten die Scharniere und dann …

Dunkelheit.

Unendliche, waldduftende, erdatmende Dunkelheit.

Eine LED-Leuchte flammte auf und drei strahlende Gesichter sahen Merle an. Felix schnappte sich die kleine Lampe, die an Wladimirs Schlüsselbund hing, er hielt sie sich direkt unter die Nase, und das sah gruselig aus und ziemlich lustig.

„Hier. Schau mal." Jannis nahm Felix die Lampe aus der Nase und leuchtete den ganzen Raum ab.

Er war erstaunlich groß und rund, der Buckel war innen hohl. Wände und Decke bestanden aus groben, feuchten Steinen. Hinter der Schwelle bildeten die Felsen zwei Stufen. Dünne Rinnsale liefen die Wände hinunter; der Boden sah aus wie jahrhundertelang festgetrampelte Erde.

„Okeeee …", sagte Merle zögernd. „Und was ist jetzt genau ein Eiskeller?" Zugegebenermaßen war es kühl hier drinnen. Ziemlich sogar. Und ein bisschen unheimlich. Besonders, wenn man an den Grafen dachte.

„So eine Art Kühlschrank ist das", antwortete Jannis. „Von früher. Die Reichen haben im Winter das Eis von den Seen gehackt und hierher gebracht. Den ganzen Sommer über haben sie alle möglichen Sachen gekühlt, die richtig Reichen haben ihren Gästen sogar Sorbet angeboten, das sie aus dem Eis hergestellt haben. Also, ihre Köche natürlich."

„Was ist das denn? Sorbeeee?“, fragte Felix.

„Wassereis.“

Felix’ Augen wurden sofort groß und durstig.

„Ist das nicht genial?“, fragte Wladimir.

Er sah Merle auf eine besondere Art an; und jetzt merkte sie, dass auch Jannis’ Blick auf sie gerichtet war.

„Verstehst du nicht?“

„Nein …?“

„Maaaanno! Merle!“, rief Felix. „Wir wollen hier üben!“

„Aber … aber der Graf …“, sagte Merle. „Das ist doch hier sein Gebiet. Boah, wenn der uns hier erwischt …“

Sie schaute in drei strahlende Gesichter.

„Eben“, sagte Jannis triumphierend.

„Hallooo? Ist euch das Leben zu langweilig? Braucht ihr ein bisschen Action, oder was?“

„Mick ist suuuuperfeige.“ Felix hüpfte jetzt herum wie ein Känguru.

„Die Schickimickis trauen sich hier nie im Leben hin“, sagte Jannis. „Und wenn … ich sage nur: Vogel. Wir müssen selbst eben weit genug von seinem Nest wegbleiben.“

Merle fing langsam an zu grinsen. Was für ein Wahnsinnshauptquartier!

„Die dürfen uns hier aber wirklich nicht finden“, sagte Wladimir. „Es gibt nur eine einzige Tür.“

„Sie *werden* uns hier nicht finden“, sagte Jannis.

Er kam Merle größer vor, was aber vielleicht an den Schatten lag, die sie auf den Boden warfen. „Weil …“, selbst seine Stimme klang größer, „… wir nämlich nachts üben!“

Merle fiel fast die Kinnlade herunter.

Wladimir nickte nur. „Klar. Dann begegnen wir auch nicht so leicht dem Grafen. Es sein denn, er hat Lust auf nächtliche Spaziergänge.“

Jannis kicherte begeistert, und Merle überlegte, wie groß *ihre* Lust auf nächtliche Spaziergänge durch einen sehr wurzelhaltigen, möglicherweise grafenhaltigen und ganz möglicherweise auch kampfkauzhaltigen, verbotenen Wald war. Andererseits … „Okay“, sagte Merle leise. „Okay, das machen wir. Aber jetzt hauen wir hier ab. Ich will wirklich, wirklich, wirklich nicht dem Grafen begegnen.“

„Wie spät ist es eigentlich?“, erkundigte sich Jannis, als sie hintereinander zurück durch den Wald liefen.

„Keine Ahnung. Wenn jemand es könnte, dann könnte er jetzt die Uhrzeit am Sonnenstand ablesen.“ Merle sah Wladimir auffordernd an.

„Abend“, sagte Wladimir.

„Boah, kann die Sonne das nicht einen Tick genauer?“, gab Jannis zurück.

Und dann rochen sie es: Sebastian grillte die versprochenen Würstchen. Merles Magen zog sich schmerzhaft zusammen, obwohl sie doch Vegetarierin war. Auf der Wiese vor der Burgmauer hatte sich schon die erste Abendfeuchte niedergelassen, sie spürte sie an ihren nackten Beinen. Durch das Tor kringelte sich bläulicher Rauch. Merle blieb stehen und packte Felix am Oberarm.

„Dir ist klar, dass du niemandem, also *niemandem* auch nur einen Pieps erzählen darfst, wo wir waren, oder?“

„Keinen Pieps und keinen Pups“, sagte Felix und schaute seiner großen Schwester feierlich in die Augen.

Merle ließ ihn los. Seine Pieps-und-Pups-Schwüre hielt Felix im Allgemeinen. Meistens.

Die Schickimickis standen schon um den Grill herum, als Merle und die anderen im Hof eintrafen. Ein paar Schwalben flogen so niedrig über ihnen hin und her, dass Merle instinktiv den Kopf einzog. Und Sebastian jonglierte tatsächlich mit ein paar heißen Würstchen. Merle schaute sich nach etwas Vegetarischem um und entdeckte einen sehr fleischlos aussehenden Nudelsalat.

Mick sah ihnen über die Schulter entgegen. „Two to zero for us“, stellte er fest. „One for the Belauschungsaktion und two für das hier. Was seid ihr eigentlich für Nullen? Könnt ihr es uns nicht wenigstens ein bisschen schwerer machen?“

Er hielt triumphierend die Bänder hoch. Alle – rot,

grün, gelb, violett, taubenblau … Sie hatten sie alle gefunden.

Na und?

Merle musste an den Eiskeller denken. Ihr Geheimnis mitten im Wald. Sie lächelte engelhaft und ein wenig abwesend. Der Ausdruck auf Micks Gesicht wechselte von triumphierend zu lauernd; er erinnerte Merle an einen misstrauischen Marder. Mist! Wenn er jetzt etwas ahnte …

Mick war nicht schnell. Er war stark, aber Geschwindigkeit gehörte nicht zu seinen herausragenden Eigenschaften. Und so hatte Merle die Bänder in ihrer Faust, ehe Mick so richtig begriffen hatte, wie das zugegangen war.

Und dann rannte Merle.

Und wie sie rannte!

So, wie sie es auf dem Bolzplatz tat, wenn die Jungs sie als Stürmerin nahmen, was in letzter Zeit häufig vorgekommen war; sie konnte nämlich schneller sprinten als die meisten, besonders wenn sie wie heute keine Flipflops anhatte, sondern ihre Sportschuhe. Die Straße abwärts, am Ort vorbei ließ sie die Bänder hinter sich herflattern wie einen fröhlichen Einhornschweif. Micks Wutgebrüll war bis in den Ort hinunter zu hören.

Die nun folgende Jagd würde wahrscheinlich in die Geschichte der Burg eingehen. In ihrem blutigen Verlauf schlug sich Jannis beide Knie noch weiter auf,

Felix kassierte an der Weide einen echten Bienenstich (ohne Zucker), Merle dafür die schlimmsten Seitenstiche ihres Lebens (ebenfalls ohne Zucker), und Krissies Lieblingshaarspange ging irgendwo total und komplett verloren, auch wenn sie später stundenlang danach suchte. Selbst Sebastian, mit zwei Würsten in der Hand, rannte hinterher.

Die gingen übrigens auch verloren. In diesem Fall aber möglicherweise in Sebastian selbst, das wusste nachher keiner mehr zu sagen, denn es war wirklich eine historische Hetzjagd.

Übrigens gewannen die Bänder. Kurz bevor Mick Merle einholte – an einer sumpfigen Wiese, durch die ein Bach sich auf den Weg ins Tal machte. Sie warf die Bänder aus voller Kraft ins Wasser. Wo sie erst „Wir sind bunter Seetang" spielten, bis sie merkten, dass es in Bächen keinen Seetang gibt, und sich deshalb Richtung Meer aufmachten. Sie trieben so schnell unter der Straßenbrücke hindurch und davon wie ein Nebelfetzen bei Wind.

Merle sah ihnen keuchend nach. Dann drehte sie sich um. Sie hatte Angst vor Stieren, ja wirklich – immer und immer versicherte sie sich, bevor sie eine Weide überquerte, dass kein Stier darauf stand. Und jetzt wusste sie auch genau, warum. Mick stürmte auf sie zu, den Kopf rot, die Nüstern geweitet, als röche er Blut. Merles Herz raste ebenfalls wie ein wild gewordener Stier. Erst im allerletzten Moment trat sie zur Seite, beiläufig und mit einer kleinen Drehung. Es klatschte ganz schön, als Mick im Wasser landete.

Und damit war die Verfolgungsjagd beendet.

Fast.

Merle war kein gemeiner Mensch, sie stand also nicht am Ufer und kicherte, bis ihr der Bauch wehtat, während Mick im schnell fließenden Wasser herumruderte und versuchte, wieder auf die Füße zu kommen. Sie schaute im Gegenteil ganz ruhig zu, wie Mick sich aufrichtete, wieder umfiel, endlich auf die Knie kam, Wasser spuckte und auf dem Kopf aussah wie ein frisch gewaschener Flokati.

„Zieh mich wenigstens raus!"

Sie schlenderte zum Ufer hinüber; sie wusste, was jetzt kam, sie war ja nicht dumm …

Das Wasser war so kalt, dass sie nach Luft schnappte, bevor sie unterging. Sie konnte gerade noch Mick vor Lachen brüllen hören. Und damit war die Verfolgungsjagd wirklich zu Ende.

Jedenfalls *diese* Jagd.

10. Kapitel

Nacht, Nacht, Nacht.

Eine dunstige, schwüle Nacht, Merle hatte zahlreiche neue Mückenstiche an den Beinen.

„Merle? Ist das Donner?“

Sie hielt Felix fest an der Hand. „Pssst“, hauchte sie ihm zu. „Der Graf!“

Sie war hellwach, obwohl sie nach dem Abendessen am liebsten genauso ins Bett gefallen wäre wie Pissikacki. Stattdessen stand sie jetzt auf der Wiese vor der Burgmauer und lauschte in die Dunkelheit. Merle spürte Wladimirs und Jannis’ Wärme hinter und vor sich. Der Mond war gerade aufgegangen und schwamm in einem Dunstschleier. Nur wenige Meter von ihnen entfernt atmete der Wald.

„Merle! Ist das nun Donner?“, piepste Felix.

„Glaube ich nicht“, flüsterte Jannis. „Sie haben kein Gewitter angesagt für heute Nacht. Erst für morgen früh.“

Merle drückte Felix’ feuchte Hand. Wie lang würde es wohl dauern, bis der Graf sie fand, wenn Felix im Wald anfing zu schreien? Wenn sie bloß schon im Eiskeller wären … Oh, wie es kribbelte! Im Bauch und den ganzen Rücken entlang und im Hals jauchzte es. Ein Nachtvogel strich vor dem milchigen Mond entlang, der Farn hatte seine langen Finger eingerollt, es raschelte und knisterte, als sie den Hügel ein weiteres Mal hinaufstiegen, diesmal weit vom Nest des wilden Kauzes entfernt.

Dafür aber erheblich näher an der Burg …

Als sie die Längsseite passiert hatten, sahen sie, dass nach hinten hinaus ein Licht aus einem der Fenster eine Schneise in die Dunkelheit schnitt.

„Das Schlafzimmer des Grafen“, flüsterte Jannis.

„Woher weißt du das?“, wisperte Wladimir.

Merle spürte, wie Jannis in der Finsternis die Achseln zuckte. „In der Eingangshalle hängt ein Plan von der Burg, habt ihr den nicht gesehen?“

„Ist ja egal.“

„Der hat vielleicht Schlafprobleme!“ Mit einem Schaudern dachte Merle an die Flötentöne, so schön und so unheimlich … Aber heute klang keine Melodie durch die Nacht, und kurz fragte sich Merle, was der Graf wohl stattdessen machte. Der Gedanke jagte ihr ein paar eiskalte Wellen durch die Adern.

Wladimir lief voran. Er schnürte durch das Gras wie ein Fuchs, leicht und geschmeidig. Es fühlte sich vertraut und gut an. Auch Jannis' verschnupftes Schnaufen hinter ihr. Und das Pochen von Felix' kleinen, mutigen Füßen. Und dann drang das erste dumpfe Grollen durch den Wald. Merle hechtete den Pfad hinauf. Sie drückte Felix an sich und versuchte, ihm die Ohren zuzuhalten, was gar nicht so einfach war, wenn man dabei einen Berg hochkletterte.

Uff, da war der Eiskeller und seine knarrende Tür. Jannis leuchtete mit seiner Taschenlampe in die Höhle hinein. Merle und Felix drückten sich an ihm vorbei und stolperten die Stufen hinunter, während draußen ein weiterer Donner über die Hügel rollte. Felix zog Merle bis in den letzten, tiefsten Winkel des Kellers hinein. Merle stolperte über ihn und plumpste auf ihren Hintern. Sie war so hibbelig, dass sie einen Moment lang das Gefühl hatte, der Boden würde unter ihr schwanken. Die Tür fiel ins Schloss. Felix kauerte sich zusammen und hielt sich die Ohren zu. Merle drückte ihn an sich.

Stille. Dann wieder ein Donner, diesmal dumpf und ungefährlich. Als ob der alte Eiskeller selbst seine Hände über ihre Ohren hielte.

„Soll ich mal die Kerzen anzünden?", fragte Jannis und packte seinen Rucksack aus.

Als die Schatten der Flammen an den buckligen Wänden tanzten (die alte, schwere Tür musste wohl doch ein wenig Gewitterwind durch geheime Ritzen dringen lassen), fühlte Merle sich plötzlich wohl. Es war beinahe verrückt, wie ruhig und geborgen sie hier saßen! Felix krabbelte auf allen vieren zu den anderen in die Mitte des Kellers und Merle folgte ihm. Ihr war immer noch etwas schwindelig. Von draußen drang der Geruch nach feuchtem Wald durch die Tür, es schien zu regnen.

„Wenn man mal so überlegt, wie alt das hier ist", murmelte Jannis, „bestimmt hundert oder zweihundert Jahre. Es fühlt sich so richtig nach Geschichte an!"

Merle zog die Schultern zusammen. „Wir könnten ja wirklich ein Stück von früher schreiben, oder? Das passt am besten in das Theater." Ihr Herz fing an, schneller zu klopfen, als sie an seinen zaubervollen Geruch und den leise winkenden Vorhang dachte.

„Es gibt viele schreckliche Sachen in der Geschichte", brummte Wladimir, „grausame Könige, Mord …"

Felix' Unterlippe fing an zu zittern.

„Wir machen was ohne Mord!" Merle funkelte Wladimir an und legte den Arm um die Schultern ihres kleinen Bruders. Der befreite sich prompt.

Plötzlich zuckte Wladimir zusammen. Sein sonst so stilles Gesicht verzerrte sich. „Krampf", flüsterte er und sprang auf. Er presste seinen rechten Fuß gegen die Wand und lehnte sich vornüber.

Jannis nickte. „Aua, das tut weh."

Schließlich seufzte Wladimir auf und ließ seinen Fuß wieder auf den Boden gleiten. Er sah zur Seite, und als er sicher war, dass sie ihn beobachteten, trat er einen Schritt zurück, ließ seine Arme nach hinten schwingen und sprang vor den großen Augen der anderen einen perfekten Salto rückwärts aus dem Stand. Merle bemerkte, wie Jannis der Mund offen stehen blieb. Sie kicherte leise, bis sie entdeckte, dass Wladimir sie ansah. Nur sie.

„Parkour", stellte er fest. „Ich mache Parkour."

„Cool", flüsterte Merle. Irgendwie hätte sie Wladimir das nicht zugetraut. McFit vielleicht, das hätte zu seinen Armmuskeln gepasst.

„Super. Wenn wir echt ein altes Stück spielen, dann könntest du der Gaukler sein. Auf dem Jahrmarkt oder so", sagte Jannis. „Mit akrobatischen Einlagen, zum Beispiel ..."

„Was ist ein Schaukler?", unterbrach Felix.

„So eine Art Clown. Also, wir könnten ..."

„Ich will auch ein Clown sein!", schrie Felix, sprang auf und legte sofort los. Er war aber ein sehr felixartiger Clown. So einer, der immer nur aufstand und sich dann wieder hinfallen ließ, mit dem Kopf wackelte und „Oh, oh" sagte und sich dann kaputtkicherte. Jannis lachte aus lauter Freundlichkeit mit. Jetzt war Felix in der dunklen Ecke angekommen, wo Merle vorhin mit ihm gehockt hatte. Er ließ sich gerade zum mindestens hundertzweiundachtzigsten Mal fallen und ... der Boden federte wirklich!

„Felix, geh mal da weg", sagte Merle, und es kam so scharf heraus, dass Felix zusammenschrak und Jannis erstaunt zu ihr hinübersah.

„Weiß nicht, irgendetwas ist da in der Ecke“, sagte sie entschuldigend.

Zwei Sätze brauchte Wladimir, schon stand er in der Dunkelheit und wippte auf den Zehenspitzen.

„Der Boden bewegt sich“, stellte Jannis verblüfft fest.

Wladimir sah Merle an, er schaute ihr genau in die Augen, als er in die Knie ging. Merles Herz stolperte, als er nun seine Arme nach hinten warf – und im selben Augenblick krachte ein Donner durch die Welt, wie Merle ihn noch nie in ihrem Leben gehört hatte. Felix schrie auf. Wladimir aber … war verschwunden.

„Ver-dammt!“, brüllte Jannis. Dort, wo Wladimir gerade eben noch gestanden hatte, wirbelte Staub durch die Luft.

Merle hielt Felix fest. „Vorsichtig!“, flüsterte sie, als Jannis in Richtung der dunklen Ecke tappte.

„He, kann mal jemand hier runterleuchten?“

Puuuh. „Ist dir etwas passiert?“, rief Merle und hörte selbst, wie hoch ihre Stimme klang.

„Geht so“, kam Wladimirs Stimme zurück. „Paar blaue Flecken.“

„Wo bist du denn?“, fragte Jannis, dessen Brille vor Aufregung beschlug.

„Eine Etage tiefer als ihr, würde ich sagen.“

Sie gingen näher heran, Merle hielt Felix fest an der Hand.

„Seid vorsichtig, der Rand ist ziemlich bröckelig.“

Merle warf Jannis einen Blick zu. „Gib mir mal die

Taschenlampe", sagte sie. „Und … kannst du mal einen Schritt zurückgehen und Felix festhalten?"

Wenn Jannis „eine Etage tiefer" landete, wie Wladimir es genannt hatte, war sie sich nicht so sicher, dass es bei ein paar blauen Flecken bleiben würde.

Sie legte sich auf den Boden und robbte sich an das Loch heran. Sie spürte die Erde unter ihrem Bauch wippen. Morsches Holz ragte aus dem Rand des Kraters hervor, darunter nichts als Dunkelheit; Merle konnte Wladimir nicht entdecken. Ängstlich leuchtete sie in die Schwärze hinein. Und plötzlich glänzten ihr seine Augen entgegen. Keine ganze Etage tiefer, immerhin. Aber eine halbe sicherlich.

„He, willst du auch runterkommen?"

Merle schüttelte heftig mit dem Kopf. „Nee, vielen Dank, enge Räume sind nicht so meins."

Sie dachte an die Falltür über sich, im Traum … schwere Schritte … dann das Geräusch des Schlüssels … Merles Knie zitterten. „Kommst du da wieder hoch?", fragte sie schnell.

Wladimir sah sie an. „Ich mache Parkour", antwortete er. „Vergessen?" Und: „Gib mir mal die Lampe runter!"

„Boah, der Boden leuchtet ja", sagte Felix hinter ihr entzückt, als das Taschenlampenlicht in der unterirdischen Höhle umherwanderte.

„Ist da irgendetwas?", fragte Jannis.

„Wartet mal … hier … "

Etwas huschte an Merle vorbei, und ehe sie begriffen hatte, was das war, hing ihr kleiner Bruder bereits am Rand des zerstörten Bodens.

„Felix!“, fauchte Merle. Aber es war zu spät. Plumps – schon war er ebenfalls „eine Etage tiefer“ gelandet. „Coooool“, hörte sie ihn jauchzen. Verdammt, sie hätte es sich denken können. Felix wollte Höhlenforscher werden – schon vergessen? Er liebte besonders Tropfsteinhöhlen.

Etwas rumpelte, knapp unter ihren Füßen.

„Was habt ihr denn da?“

„Irgend so eine Kiste“, hörten sie dumpf Wladimirs Stimme.

„Ein Schatz! Boah, wir haben einen Schatz gefunden“, jubelte Felix und einen Moment lang hoffte Merle auf ein Wunder.

Ein Schatz! Gold und Silber und Juwelen und …

Vielleicht konnten sie etwas davon behalten oder sie bekamen einen Finderlohn und konnten endlich einmal … wenigstens einen neuen Duschkopf kaufen, der nicht so tröpfelte, dass man sich kaum das Shampoo aus den Haaren spülen konnte. Oder irgend so etwas.

„Uff, der Deckel klemmt!“

Merle biss sich auf die Unterlippe. Bitte, bitte, ich will, dass ein Mal im Leben ein Wunder geschieht. Nur ein einziges Mal …

Etwas quietschte schrecklich.

„Hast du sie aufgekriegt?“, erkundigte Jannis sich.

„Ich … ja …“ Wladimirs Stimme klang merkwürdig. „Es sind …“

„Hunderttausend Goldstücke“, sagte Jannis.

Aber Wladimir schwieg, sodass Merles Hände schwitzten vor Erwartung. Was hatte Wladimir gefunden?

Vielleicht doch etwas Wertvolles?

11. Kapitel

„Kleider?“, fragte Merle ungläubig.

„Ja.“ Wladimir hustete. „So … alte Kleider.“

Merles Herz sank. Natürlich, das hätte sie sich denken können. Das war doch klar! Es gab keine Wunder. Nie, nirgendwo. Nur in Büchern oder in Träumen. In der Wirklichkeit waren es immer nur – alte Kleider.

„Zeig mal“, sagte sie trotzdem. Welcher Verrückte wohl eine Kiste voller alter Klamotten in diesem Eiskeller versteckt hatte? Unter ihr scharrte es und Wladimir ächzte.

„Wladimir, was ist das da?“, hörte sie Felix’ Stimme.

„Was denn? Da ist doch nichts!“

„Dohoch. Guck mal! Da ist so ein Ritz! Dahinten!“

„Quatsch! Da ist überhaupt nichts, nur Steinwand. Hilf mir lieber mal!“

Dann tauchte Wladimirs Gesicht wieder in dem Bodenloch auf. „Hier“, sagte er und schob Merle jede Menge Stoff über die zerborstenen Bohlen hinüber. „Und hier ist noch mehr.“

Felix' Kopf erschien unter ihr in der Öffnung und grinste, Merle streckte ihm die Zunge heraus. Vorsichtig erhob sie sich und trug die Kleider in die sichere Mitte des Raumes, wo Jannis seine Taschenlampe auf sie richtete.

„Und der Rest." Merle kroch ein weiteres Mal über den Boden.

Als sie sich umdrehte, kniete Felix schon wieder am Rand des Loches, während Wladimir mit den Händen nach einer stabilen Stelle suchte, sich dann hochzog und über den Rand schwang.

Parkour. Nicht vergessen.

Wenig später standen sie alle um den Stoffhaufen herum. Merle hob ein Kleidungsstück nach dem anderen hoch.

„Das sind keine einfachen Klamotten", sagte Jannis leise. „Die könnten ja auch gar nicht so alt sein, wie sie aussehen, die wären längst zerfallen. Das sind eher … die sehen aus wie … Kostüme. Oder? Aus welcher Epoche die wohl sind?"

Doch Merle hörte gar nicht richtig zu. „Sie sind schön", flüsterte sie und ließ ihre Hand darüber gleiten. Ausgerechnet! Merle hatte sich nie für Kleider interessiert. Aber diese … Es war, als fingen die Stoffe das wenige Licht in der Höhle ein und würden es zwischen ihre Fäden weben, bis die Kleider selbst geheimnisvoll anfingen zu schimmern. „Die sehen aus wie neu. Wollen wir sie mal anziehen?"

Vielleicht war es die Nacht oder der Zauber des alten Eiskellers, der die Jungen widerspruchslos machte. Viel brauchten sie ohnehin nicht zu tun – die Stoffe waren so weich und anschmiegsam, dass sie ganz von selbst hineinglitten. Im Nullkommanichts standen sie alle im Licht der Kerzen da, als wäre eine Delegation Adliger aus der Vergangenheit versehentlich im Rahmen einer Zeitreise in der Höhle gelandet.

„Puh. Wow!", sagte Merle.

Und ja, es war wow. Ein Funkeln, ein Knistern, Rascheln und Wispern verbarg sich in Seide und Taft, und Merle kam es vor, als sei der Eiskeller durch das leise Leuchten der Verzierungen, das kaum hörbare Murmeln des Samtes heller und lebendiger geworden.

„Ist … doch was anderes", flüsterte Jannis.

Merle drehte sich zu ihm um – und hielt die Luft an. Da, wo sich vorher ein etwas … äh … kugeliger Junge befunden hatte, reckte sich jetzt ein … öh … stattlicher junger Mann in die Höhe. Sogar seine Stimme schien abgesackt zu sein.

„Steht dir gut."

Jannis schaute an sich herunter. Seine Augen glänzten. „Würde ich aber eher so nicht in der Schule anziehen."

„Warum nicht?", fragte achselzuckend der gut aussehende Junge auf Merles anderer Seite.

„Damit kannst du jedenfalls nicht Parkour machen", sagte Jannis und zeigte auf den Degen an Wladimirs

Seite, während Merle wieder und wieder über ihren schimmernden Rock strich. Jannis grinste. „Boah, Felix, du siehst wirklich aus wie aus einer Zeitmaschine gefallen. Sag mal, ist das Schwert da an deiner Seite echt?"

War es.

Es war nicht nur echt. Es war auch noch scharf. Unglaublich scharf, wie Jannis feststellte, als er die Schneide prüfte. Er entfernte es aus Felix' Gürtel, auch wenn der maulte. „Nicht, dass du dich aus Versehen erdolchst!"

Später, viel, viel später dachte Merle, dass es vielleicht ein Fehler gewesen war, es aus der Scheide zu nehmen …

Sie zupfte vorsichtig an dem Samt ihres Oberteils. „Sieht aus wie ein Tanzkleid, oder?"

Als Antwort trat Wladimir auf sie zu. Er summte etwas Leichtes, Rhythmisches, und augenblicklich verspürte Merle den Wunsch, sich zu bewegen. Sie konnte sich nicht daran erinnern, wann sie das letzte Mal hatte tanzen wollen. Aber sie vermutete mal: nie.

Wladimir brach ab. „Das ist ein Menuett", erklärte er. „Ein alter Tanz. Habe ich mal auf der Geige gespielt."

Und bevor Merle sich darüber wundern konnte, dass jemand Parkour und Geige spielen gleichzeitig als Hobbys haben konnte, reichte er Merle den Arm und begann wieder zu summen. Und von irgendwoher mischte sich der helle Klang von Geigen und Flöten in seine Stimme und der tiefe Ton eines Cellos. Mehr Kerzen flackerten an den Wänden auf, am Rand einer weiten Tanzfläche saßen Musiker und spielten.

Merle schaute und staunte, und Wladimir lächelte ihr zu, dieses spezielle Wladimir-Lächeln. Er verbeugte sich vor ihr. Merle stellte fest, dass sie in einer ganzen Reihe von Mädchen stand, so wie Wladimir in einer ganzen Reihe ähnlich gekleideter Jungen. Im selben Moment begriff sie, dass sie sich auf einer Hochzeit befand und dass dies hier ihr erster Ball war. Sie sah sich nach der Braut um, doch sie war nirgendwo zu entdecken. Die Mädchen knicksten vor den Jungen und Merle machte es ihnen nach. Und nun begann der Tanz.

Merle flog, sie drehte sich, sie neigte den Kopf und reichte Wladimir die Hände, und sie machte zierliche kleine Tanzschritte, als hätten ihre Beine nie etwas anderes getan. Wie weit der Saal war und wie er funkelte! Wie viele Blumen dort standen und wie hoch die Feuer in den Kaminen brannten! Entzückt sog Merle alles in sich auf. Dann wieder nahm die Musik sie ganz und gar gefangen. Und Wladimirs Blicke. Wann immer sie auf ihn in der Reihe der anderen Jungen traf, sich mit ihm drehte oder unter seinem Arm hindurchschlüpfte, sah er sie ernst an. Ewig könnte sie so weitertanzen …

Doch die Musik verdämmerte, das Licht schwand aus dem Saal, es wurde kälter, als drehte jemand die Wärme aus den Kaminfeuern, und die Menschen verblichen, bis …

Merle hielt inne. Sie schnappte nach Luft. Der Saal war verschwunden, sie stand wieder in dem alten, fröstelkühlen Eiskeller. Die Kerzen waren weit heruntergebrannt und statt nach Blumen roch es nach feuchter Erde.

Sie fühlte sich so schwer. Von fern hörte sie noch die Musik, unendlich leise, und sehnsüchtig streckte sie ihre Hände danach aus, bis auch die letzten hauchzarten Töne verklangen.

Merle seufzte verloren.

Wladimir aber stand ganz still, seine Augen sahen ins Leere oder in eine andere, uralte Welt, weit jenseits der engen Mauern des Eiskellers im Land ihrer Fantasie.

„Cool. Ihr könnt voll gut tanzen", sagte Jannis.

Merle wirbelte zu ihm herum. „Hast du das auch gesehen? Den Saal und die Kerzen und … das alles …?", endete sie etwas lahm, weil sie keine Worte wusste, die all diese Schönheit einfangen konnten.

Jannis nickte. „Ja, klar, haben wir uns doch zusammen ausgedacht, oder? Den Tanz, die Musik …"

„Ja, und diese Feuer und all diese Mädchen und Jungen …", sagte Merle hilflos. Wie gerne würde sie noch eine Weile zurückschlüpfen …

„Muss ja alles in unserem Kopf gewesen sein", fuhr Jannis begeistert fort. „Echt cool. Das macht dieser Keller hier, die ganze Atmosphäre. Und natürlich diese Klamotten. Hey, da fällt uns bestimmt ein super Stück ein!"

„Ja … der Keller und die Klamotten …", murmelte Merle. Sie musste an Oma denken, an die große Korbkiste, in der sie ihre Schätze aufbewahrt hatte, als sie noch lebte und Merle klein war – alle möglichen alten Kleider, spitze Schuhe mit hohen Absätzen, tannengrüne Lederhandschuhe mit Löchern und aus Metallfäden gestrickte Taschen. Die Schuhe waren Merle viel zu groß gewesen, aber die Absätze klackerten so schön auf Omas Küchenfußboden.

„Kleider machen Leute", hatte Oma dann immer gesagt.

Oh, ja, das taten sie. Merle raffte ihren schimmernden Rock, und einen winzigen Moment lang war ihr, als höre sie wieder die Musik.

„Fchchchchc!" Das war das Geräusch, das ein feuerspuckender Drachen machte. Jedenfalls laut Felix. Er saß in seinem Kostüm auf dem Boden und spielte Ritter mit ein paar Steinchen und Stöckchen – und es sah fast so aus, als hätte er nicht die Spur davon mitbekommen, wie seine Schwester getanzt hatte. Dafür gab es gleich gebratene Ritter. Möglicherweise waren Steinritter aber auch etwas widerstandsfähiger und ließen sich nicht so leicht durchbraten wie echte.

Jannis schüttelte sich. „Ist euch auch so kalt?"

„Hmhm … und so müde", murmelte Merle.

„Wir dürfen nicht zu müde sein!" Jetzt wurde Wladimir hellhörig. „Sonst merken die anderen was."

„Okay, gehen wir", schlug Merle vor. „Aber morgen Nacht kommen wir zurück. Und – also, mit den Kleidern fällt uns bestimmt etwas ein! Dann fangen wir endlich richtig an mit unserem Stück!"

Schweigend klatschte Jannis sie ab.

In dieser selben Nacht, in der Merle tanzen lernte, wälzte der alte Graf sich in seinem Bett herum. Draußen rollte der Donner über das Land. Aber es war nicht nur das Gewitter, das ihn nicht schlafen ließ. Da war noch etwas anderes … eine Unruhe, eine Angst, seit einigen Nächten schon. Es war, als wollte irgendetwas ihn warnen.

Nur: was? Und wovor?

Schließlich stieg er im Morgenmantel in die Küche hinab und überlegte eine Weile ernsthaft, sich einen Kakao zu kochen. Der Gedanke an den Geruch von überkochender Milch hielt ihn davon ab. Es würde ihn zu sehr an seine Kindheit erinnern.

„Setz dich gerade hin!"

„Nein, es gehört sich für dich nicht, der Köchin zu helfen. Sie ist Personal und du bist der Grafensohn!"

„Nimm sofort den Finger aus der Nase!"

„Nein, du darfst nicht mit den Kindern aus dem Dorf spielen!"

Befehle, Verbote, Strafen, Verbote, Befehle! Wie oft war er heimlich davongeschlichen … Und eines Tages hatte sie ihn erwischt. Seine Mutter. Die Strafe war grausam gewesen.

Regen rauschte auf die Erde nieder. Der Graf schritt in sein Wohnzimmer hinüber, holte die Flöte aus dem Koffer, setzte sie zusammen und begann, aus dem Gedächtnis ein Lied zu spielen.

Als er merkte, was er spielte, ließ er die Flöte sinken und sprang trotz seiner morschen Knochen wütend vom Sofa auf.

Das dumme, dumme Lied!

Alle Kinder im Ort hatten sich an das Verbot seines Großvaters gehalten. Bis auf Friedrich, Friedrich hatte das Lied einfach weiterhin gesungen. Der hatte sich sowieso nie an irgendetwas gehalten.

So viele Jahre waren seither vergangen und das Lied war längst vergessen. Hatte er gedacht.

Bis Friedrich auftauchte im Ort und mit ihm die alte Melodie. Und wenn nun auch die alten Geschichten wiederkehrten? Schon war der Graf erneut auf den Beinen, lief auf und ab, nahm eine Blutdrucktablette und stapfte schließlich wieder die Treppe hinauf.

In der Bildergalerie der oberen Etage tickte eine alte Standuhr. Gleichmäßig schlug das Pendel hin und her wie der Herzschlag der Zeit. Aber statt dass ihn dieses durch all die Jahre so vertraute Geräusch beruhigte, regte es ihn noch mehr auf.

Als er die Bilder seiner Vorfahren entlangächzte, riss ein Blitz den Himmel auf, und sein Licht fiel auf zwei Porträts: das eines dicken Ritters und das einer jungen Frau. Wie erstarrt blieb der Graf stehen. Er trat näher.

Sie hat so lebendige Augen, klang die Stimme dieses dünnen Mädchens mit den unmöglichen Fransenhaaren in seinem Kopf nach ... Nein!

So *lebende* Augen, hatte sie gesagt.

Er starrte der Jungen, Schönen ins Gesicht.

Sie ist nur eine entfernte Verwandte, hatte er dem Mädchen mit der Struppelfrisur geantwortet. Ganz unwichtig.

Wie hatte seine Mutter das Bild gehasst! Und dennoch durfte sie es nicht abhängen, denn da gab es ja die alte Sage im Ort und sein Vater war abergläubisch. Nie dürfe das Bild diese Wand verlassen, es würde Unglück über die Burg bringen, hatte er seine Frau angeherrscht.

Ja, seine Mutter hatte das Bild gehasst ...

Nun ...

Es musste wohl dort hängen bleiben. Der Graf verzog den Mund zu einem feinen Lächeln. Er sah sich um. Auf dem Barocksekretär am Fenster lag doch ... er hatte doch neulich noch ... ja, da!

Der Regen war vorüber, draußen tropfte es von den Bäumen und kleine Bäche liefen von überall her Richtung Tal. Die Flöte lag wieder an ihrem Platz, der alte Graf schlüpfte unter seine Decke und ließ seinen Kopf auf das Kissen sinken, erleichtert von seiner Last.

Unter seinem Fenster schlichen vier Kinder durch das nasse Gras – ebenso erleichtert, dass kein Licht mehr im Zimmer des Grafen brannte.

In einem stillen Gang aber, hoch in der alten Burg, hatte eine Uhr aufgehört zu ticken. Ihr Pendel, das so viele Jahrzehnte lang gleichmäßig die Zeit zerteilte, hatte aufgehört zu schlagen.

12. Kapitel

„Gehst du jetzt wirklich rüber zum Grafen und klingelst da?“, fragte Merle nach dem Frühstück ungläubig. Es hatte sie viel Mühe gekostet, nicht ständig zu gähnen, Mick hatte schon einige Male misstrauisch herübergesehen.

„Klar!“ Jannis nickte. „Hat er mir doch angeboten. Außerdem will ich die Geschichte der Hexe wissen. Hey, vielleicht ist die auch was für unser Theaterstück!“

„Und ich spiele die Hexe, oder wie?“, fragte Merle entgeistert.

„Viel Spaß“, sagte Wladimir trocken.

„Sehr witzig.“ Merle warf ihm einen bösen Blick zu. „Der Graf hat doch auch was von einer Sage erzählt“, sagte sie dann nachdenklich. „Die was mit dem Bild von der jungen Frau zu tun hatte. Kannst du mal schauen, ob du dazu in dem Museum was findest?“

„Komm doch mit!“, schlug Jannis vor.

Merle schüttelte sich. „Nein danke. Der Graf … ich finde den irgendwie voll unheimlich.“

Jannis sah sie stirnrunzelnd an. „Der ist doch ganz normal."

„Finde ich nicht. Wo ist eigentlich Felix?"

„Schläft. Habe ihn nicht wach bekommen." Jannis grinste. „Keine Sorge, ich habe Mareike und Sebastian schon gesagt, dass er sich nicht so gut fühlt – nicht, dass die sich wundern."

Die Luft war pfefferminzkühl nach dem nächtlichen Gewitter und im Flügel des Grafen standen im oberen Stock mehrere Fenster offen. Von drinnen drang ein Duett aus Staubsauger und Opernarie nach draußen.

„Aja putzt wohl auch beim Grafen", bemerkte Jannis. Die grünhaarige Küchenhilfe hatte ihnen beim Frühstück verraten, dass sie Sängerin werden wollte.

„Schnellmerker."

Jannis warf Wladimir einen langen Blick zu, schob sich die Brille etwas höher auf die Nase und marschierte los. Ohne jegliches Zögern drückte er auf den Klingelknopf.

Die Tür öffnete sich und wie auf Kommando huschten Wladimir und Merle unter einer Flut von Gesang in den Schutz des Torbogens.

„Pamina. *Zauberflöte*", flüsterte Wladimir. Merle riss fragend ihre Augen auf. „Meine Großmutter. Opernsängerin", formte Wladimir mit den Lippen.

Merle spähte durch das Blauregenlaub. „Der Graf. Jetzt steht er auf der Schwelle … und … Oh. Nein. Bloß weg hier!"

Sie rannten durch den Torbogen und über die Brücke und rutschten die Böschung hinunter, die in den Burggraben hinabführte.

„Das finde ich aber erfreulich, dass ein so junger Mensch wie du sich für Geschichte interessiert." Die Stimme des Grafen hallte im Torbogen wider. „Dann werde ich dir also unser kleines Museum im Ort zeigen. Hast du denn genug Zeit mitgebracht?"

Der Graf und Jannis gingen vorbei, angeregt in ein Gespräch vertieft. „Meine Ahnen …", verstand Merle und „Der Aufbau der Burg ähnelt …", und wie ein kleiner Finger streifte sie die eisige Kälte des Grafen und sie drückte sich noch etwas tiefer in das Unkraut.

„Der Aufbau der Burg ähnelt einer Burg", flüsterte Wladimir, als er und Merle wieder zurückschlichen.

Als sie im Burghof angekommen waren, standen nun die unteren Fenster offen und Aja hatte nicht nur das Stockwerk gewechselt, sondern auch die Oper.

„Ombra mai fu. Von Händel", flüsterte Wladimir.

„Aha." Merle warf einen sehnsüchtigen Blick auf den Grafenflügel. „Irgendwann würde ich die junge Frau gerne noch mal sehen."

„Wieso?", fragte Wladimir. „Du siehst sie doch heute Abend?"

Merle sah ihn verwirrt an.

„Ach, doch nicht Aja. Die junge Frau auf dem Bild. Die mit der …", sie suchte nach dem Wort, das Jannis gebraucht hatte, „… mit der Gemme!"

Wladimir war ein Meister im Nur-eine-Augenbraue-Hochziehen. Und das Faszinierende war: Er konnte es sowohl mit der linken als auch mit der rechten.

„Da hing doch so ein Bild im zweiten Stock“, erklärte Merle. „Und es gibt doch diese alte Sage …“ Weiter kam sie nicht.

„Komm!“

„Spinnst du?“

„Du hast den Grafen doch gehört! Wir haben eine ganze Weile Zeit, bis der zurückkommt. Du brauchst keine Angst zu haben. Und Aja merkt überhaupt nichts, wenn sie Arien singt. Schon gar nicht, wenn sie ‚Ombra mai fu‘ singt, weil sie dabei garantiert weinen muss!“

Die Äste des Blauregens trugen ihn problemlos, die Blätter raschelten, als er sich über das Fensterbrett schwang.

„Los, komm!“

Merle zögerte und sah sich um. Irgendjemand in ihrem Flügel kam die Treppe heruntergelaufen und schrie dabei laut nach Krissiiiiiie … Im nächsten Moment zog Wladimir Merle über das Fensterbrett in den dunklen Innenraum.

Aja und der Staubsauger wüteten in den vorderen Räumen, dort, wo die Fenster zum Tal hinunterblickten. Wladimir zeigte fragend die mächtige Treppe hinauf und Merle schlüpfte aus ihren Flipflops, nahm sie in ihre vor Aufregung zitternden Hände und nickte.

Dieser Gang musste es sein! Als Merle das Bild entdeckt hatte, war er voller nachmittäglichem Sonnenlicht gewesen. Diesmal kletterte die Sonne noch am Himmel empor und die Wände lagen in einer sanften, unbestimmten Helligkeit. Von draußen drang das Rascheln des wilden Weins durch die Fenster, vielleicht nisteten dort auch noch Vögel.

Merle sah sich um. Rahmen hing neben Rahmen, Perücke neben Perücke, Reifrock neben Reifrock. Irrte sie sich? Ob es doch ein anderer Gang gewesen war?

„Ist sie nicht hier?", fragte Wladimir leise.

Merle schüttelte langsam den Kopf.

„Dahinten ist noch so ein Gang." Wladimir lief schon voraus.

Der nächste Flur, weniger hell, doch ebenso voller mondfarbener Gesichter auf dunklem Hintergrund, beherbergte zusätzlich allerhand Obstschalen, Waffenlager und Weingläser. In gemalter Form natürlich. Am Fenster stand der kleine Tisch mit den Noten und der Querflöte. Merle sah sich um. Sie runzelte die Augenbrauen.

„Da", flüsterte sie endlich. „Das ist der dicke Ritter. Aber …"

Sie schüttelte den Kopf.

„Ist das nicht die Frau, die du gesucht hast?", fragte Wladimir und zeigte auf das Porträt daneben.

Merle trat ganz nah an das Bild heran. „Ich weiß nicht", sagte sie unsicher. „Irgendwie …"

Ja, dort war eine junge Frau zu sehen, fast noch ein Mädchen. Und ja, sie trug ein Samtband mit einer Gemme um den Hals, genau wie die Frau mit den lebenden Augen.

Aber …

„Ich weiß nicht, ihr Blick …" Merle bewegte den Kopf hin und her, schließlich trat sie ein paar Schritte zurück. „Sie sieht mich nicht mehr an", sagte sie ratlos. „Sie … als ob ihre Augen gestorben wären."

Wladimir trat neben sie und betrachtete das Bild kritisch. „Die Sonne stand anders, als wir das letzte Mal hier waren."

Merle nickte. Schon möglich, dass es daran lag.

Dies hier war kein Museum. Keine Alarmanlage weit und breit … Langsam und zart strich Merle mit dem Zeigefinger über die Farbe, über die blicklosen Augen, das Samtband, das schlichte Kleid …

„Komisch", murmelte sie.

„Wieso? Was denn?"

„Hier. Schau mal. Hier ist ein Schnitt."

Er kniff die Augen zusammen und nickte. „Sieht aus, als hätte jemand mit einem Messer in die Leinwand gestochen."

„Meinst du?"

Wladimir nickte. „Oder mit einem …" Er schaute sich um. „Einem … Brieföffner!" Und er zeigte auf einen scharfen, dolchartigen Gegenstand, der mitten auf dem Sekretär ein paar Meter entfernt lag.

„Der Stich ist genau dort, wo ihr Herz sitzt", flüsterte Merle und der Raum um sie herum, das Bild, alles wurde kalt und unwirklich und dahinter lauerte ein anderes Bild: Schnee und Eis, Einsamkeit und bittere Kälte …

„Also ermordet", stellte Wladimir fest, doch Merle hörte ihn wie durch Watte, während sie in ihrem inneren Frost zitterte.

„Was hat sie ihm nur getan?", wunderte sich Wladimir und Merle sah die Leinwand rot werden – blutrot, über und über.

Von ihrem Blut.

Ihrem vergossenen Herzblut.

Sie schaute in die toten Augen der jungen Frau, und es tat ihr so weh, als spürte sie selbst den Stich, und sie presste ihre Nägel so fest in ihre eiskalten Handballen, dass dort kleine rote Halbmonde zurückblieben.

Von fern hörte sie Wladimirs Stimme: „Äh, Merle? Das ist nur ein Bild, das ist dir aber klar, oder?" Er kam näher und sah ihr prüfend in die Augen.

Zitternd kehrte Merle zurück in die Welt der Wärme und des Sommers und der Vogelstimmen. Sie wischte sich über das Gesicht und versuchte zu lächeln. Ja, klar, echt, es war ja nur ein Bild …

In diesem Moment brach die gesamte Staubsaugeroper in der unteren Etage ab – also: Aja schaltete den

Sauger ab und hörte gleichzeitig auf zu singen. Wladimir und Merle erstarrten und lauschten.

Die Haustür wurde geöffnet, sie hörten Aja durch das Treppenhaus laufen.

„Warte mal", zischte Wladimir. Er warf einen Blick aus dem Fenster. „Verd- … Was machen die denn jetzt schon wieder hier?"

„Wer denn? Der Graf?" Diesmal wurde ihr glühend heiß. Nein, sie wollte ihm nicht noch einmal begegnen, nicht noch einmal versinken in der endlosen Kälte, die er mit sich führte wie einen treuen Hund.

„Raus hier!", sagte Wladimir.

Sie turnten die Treppe hinunter wie ein Paar panischer Eichhörnchen.

Wladimir hielt Merle zurück. „Aus der Haustür können wir nicht raus", wisperte er. „Da erwischt er uns sofort!"

Jetzt hörte Merle ebenfalls seine Schritte.

„Ich hoffe, es hat dir gefallen, junger Freund", hörten sie die Stimme des Grafen auf dem Hof; was Jannis antwortete, konnte Merle allerdings nicht verstehen, zu laut pochte das Blut in ihren Ohren.

„Komm!"

Wladimir zog sie in das nächstgelegene Zimmer, das offensichtlich als Wohnzimmer diente, jedenfalls standen dort ein Ledersofa und ein Glastisch vor einem riesigen Flachbildschirm, ein brauner gepolsterter Ohrensessel drehte ihnen den Rücken zu.

Wladimir schob Merle zum Fenster hinüber.

„Bist du verrückt?“

Jetzt war deutlich zu hören, wie der Graf sich die Stiefel auf der Fußmatte abputzte. „Schon fertig, Aja?“, fragte er.

Und „Selbstverständlich, Graf von Hohenhartt“, antwortete Aja beflissen.

Zur Talseite hin wuchsen Efeu und wilder Wein die Burgmauern empor, ihre Äste sahen im Vergleich zum Blauregen im Innenhof sehr unzuverlässig aus. Und: Es ging bedeutend tiefer hinab bis zum Erdboden, auf dieser Seite lag ja der Burggraben. In der Ecke leuchtete ein Fliederbusch. Und jede Menge Brennnesseln, eventuell auch ein paar Dornen und Disteln, das konnte Merle so schnell nicht erkennen.

„Du kommst sofort hinterher, klar? Du versuchst erst mal zu klettern. Ich fang dich dann auf.“

Wladimir warf Merle einen letzten Blick zu, dann sprang er aufs Fensterbrett – und hangelte sich in großer Geschwindigkeit den wilden Wein hinab. Einige Äste knackten, und Merle hoffte, dass niemand sie hörte. Das letzte Stück ließ er sich fallen. Als er aufkam, ging er tief in die Knie und federte wieder hoch. Kurz darauf hatte sein Gesicht den gleichen unbewegten Ausdruck wie immer angenommen.

„Los!“, zischte er von unten.

„Ich trau mich nicht!“, wimmerte Merle und warf einen Blick über die Schulter.

„Sooo schlimm sind die Dornen nicht!“

„Und die Brennnesseln, was sagen die dazu?“, wisperte Merle eine Etage hinab.

„Die sagen: Komm endlich!“

Gemessene Schritte in der Vorhalle, etwas raschelte, ein gräfliches Räuspern.

Merle warf als Erstes ihre Flipflops hinab, dann schwang sie sich über die Brüstung. Sie drückte ihre Zehen gegen die Mauer und zögerte. Sie würde bestimmt ausrutschen. Oder die Äste würden unter ihr nachgeben und sie würde sich endgültig die Knöchel verstauchen. Wladimir hatte sicherlich welche aus Eisen. Oder aus Gummi. Auf jeden Fall solche, die man nach einem Sturz nur eben zurechtrücken musste.

„KOMM END-LICH!“

Langsame, sehr gräfliche Stiefelschritte Richtung Wohnzimmer. Merle holte tief Luft und krallte sich in die Mischung aus wildem Wein und Efeu. Erleichtert spürte sie, wie die Äste sie trugen und wie schnell und leicht sie sich trotz ihrer feuchten Hände die Mauer hinunterhangeln konnte. Durch das Rascheln des wilden Weins hörte sie ein Geräusch von oben und gleichzeitig zischte Wladimir von unten: „Spring!“

Da ließ sie los.

Der Efeu riss ihr T-Shirt hoch und kratzte an ihrem Bauch entlang … Und dann bremsten Wladimirs Arme ihren Fall auch schon ab, warme, feste Arme mit enorm viel Muskeln um ihren Bauch.

Er hatte übrigens recht. Die Dornen taten gar nicht so weh. Waren auch gar nicht sooo viele. Dafür eine Million Brennnesseln. Merle hörte sie förmlich kichern, als sie sich über ihre nackten Arme und Beine hermachten.

„Hast du dir wehgetan?"

„Nö. Das haben diese Biester schon erledigt", sagte Merle und rieb sich die zerstochenen Beine.

„Psssst!" Wladimir legte ihr die Hand auf die Lippen und drückte sie an die Mauer, tief in den Efeu hinein und in die Nesseln. Mit dem Fuß angelte er ihre Flipflops, dann presste er sich flach neben sie an die Wand, hielt ihre Hand fest und blickte sie an. Und Merle versuchte, nicht an ihren aufgeschrammten Bauch zu denken, nicht an ihr Knie, das vom Aufprall wehtat, und auch nicht an Wladimirs Hand, daran am allerwenigsten.

Doch als sie ihn ansah, verschob sich etwas in seinem Gesicht: Wladimir lächelte. Es war seine besondere Sorte kleines, schiefes Lächeln, das Merles Herz einen Sprint einlegen ließ.

Anderthalb Etagen über ihnen genoss offensichtlich jemand den Ausblick ins Tal. Jedenfalls räusperte er sich geräuschvoll direkt am Fenster.

„Wenn. Der. Jetzt. Runter. Spuckt", hauchte Wladimir.

Merle presste die Lippen zusammen und senkte den Kopf. Bloß nicht lachen! Zum Glück war der Efeu direkt über ihnen sehr dicht, wenn sie sich nicht bewegten, würde der Graf sie nicht bemerken.

Sie sahen sich an. Und warteten.

„Woher hast du eigentlich die Narbe an deinem rechten Knie?“, wisperte Wladimir.

Merle kicherte unterdrückt. Wollte er jetzt echt Narbengespräche mit ihr führen? „Laufrad. Als ich zwei Jahre alt war“, wisperte sie zurück. „Und du? Die an deiner Stirn da links?“

Wladimirs Gesicht wurde dunkler. Er schüttelte knapp den Kopf.

„Ich habe es dir auch gesagt!“, hauchte Merle vorwurfsvoll. Er roch so gut. Nach Zedernholz.

Er suchte ihre Augen. „Prügelei“, flüsterte er schließlich. „So ein Idiot hat was gegen … meine Eltern gesagt.“

Seine Eltern – die im Gefängnis waren. Merle schluckte. Wie unheimlich das klang – Gefängnis! Was sollte Merle jetzt bloß sagen? ‚Ach, interessant übrigens, wie viele Menschen haben deine Eltern denn eigentlich umgebracht?‘ Verlegen schaute sie zu Boden.

Wladimir sah sie immer noch an. „Keine Sorge, sie sind keine Mörder“, flüsterte er, als hätte er Merles Gedanken gehört.

Sie wurde rot. Mistmistmist.

Das Fenster über ihnen wurde mit einem Knall geschlossen. Puh, Merle sackte zusammen. Keine Gefahr mehr von oben. Das war gut.

Schlecht aber war: Jemand beobachtete sie, das spürte Merle genau.

Und zwar von der Brücke aus.

Und zwar wahrscheinlich schon eine ganze Weile.

13. Kapitel

Merle stand stocksteif. Der Graf konnte es nicht sein, er *konnte* nicht ein paar Meter über ihr am Fenster und wenige Sekunden später auf der Brücke stehen.

Hoffte sie zumindest.

Mareike? Sebastian? Oder die Schickimickis?

Merle stöhnte leise. War eigentlich egal – wenn irgendwer Wladimir und sie schon während ihres Stunts aus dem Fenster beobachtet hatte, dann waren sie jetzt dran.

Nichts zu machen.

Einbruch.

Ende des Theaterworkshops.

Wenn nicht, konnten sie sich vielleicht herausreden. Vielleicht … zum Beispiel … wenn Merle behauptete, sie hätte hier nach einer seltenen Blume geforscht? Orchidee? Frauenschuh? Merle ließ ihre Blicke in alle Richtungen huschen. Brennnesseln. Mehr Brennnesseln in der anderen Richtung.

„Was macht ihr da eigentlich?“

Wenn man vor Schreck in die Luft springt, während einem gleichzeitig vor Erleichterung das Herz aus dem Hals wieder dahin rutscht, wo es hingehört, landet es aus Versehen gerne mal in den Knien. Merle schüttelte es wieder an den ungefähr richtigen Platz.

„Was wir hier machen?", fragte sie zurück und trat ins Freie. „Brennnesseln suchen."

Jannis auf der Brücke schüttelte den Kopf. „Die müsst ihr nicht suchen. Die stehen doch da überall herum", sagte er verwundert.

Wenig später saßen sie wieder einmal auf der Parkplatzmauer. Sie hatten Jannis von ihrem Einbruch erzählt und von den gestorbenen Augen der jungen Frau und er hatte ihnen erst einen Vogel gezeigt und sie dann ordentlich bewundert. Besonders für den Stunt.

„Und wie war es bei dir? Hast du etwas über die Hexe herausgefunden? Und über die Sage? Von der Gemmenfrau, meine ich? Stell dir bloß vor, die Sage hat irgendetwas mit dem Mord zu tun?"

Jannis grinste. „Mord? Dir ist aber schon klar, dass man Bilder nicht ermorden kann?"

Merle zog die Beine an den Körper. Sie wusste ja selber, wie bescheuert sich das anhörte. Leise sagte sie: „Sie hatte aber wirklich so …"

„… lebende Augen. Alles klar", ergänzte Jannis. „Aber ja, ich habe etwas herausgefunden."

„Äh … und?"

„Der Graf hat mir die Sage erzählt. Es ist so: Wenn

man das Bild der Gemmenfrau von der Wand nimmt, dann stürzt die ganze Burg ein. Der Graf glaubt zwar nicht daran, aber er lässt das Bild trotzdem dort hängen, obwohl die Frau in seiner Ahnenlinie total unwichtig ist."

„Abgehängt hat sie ja auch keiner, sie hängt immer noch neben dem dicken Ritter", sagte Merle nachdenklich. „Bloß dass sie …" Sie seufzte unterdrückt.

„Pfff. Du weißt doch gar nicht, ob der Schlitz im Bild nicht uralt ist", sagte Jannis.

Wladimir schüttelte den Kopf. „Er war ganz frisch."

„Merkwürdig", sagte Merle. „Ich meine: Woher kommt diese Sage?"

„Das habe ich den Grafen auch gefragt."

„Schlau von dir!"

„Finde ich auch. Wollt ihr es wissen?"

„Nö. Überhaupt nicht, oder, Wladimir?"

„Okay. Also: Wasserschaden." Jannis schaute sie zufrieden an.

„Was?" Wladimir zog eine Augenbraue hoch.

„Nein, *Wasserschaden*. Niemand weiß, woher die Sage kommt, weil alle Papiere, die die Geschichte der Frau von dem Bild erzählen, leider flüssig geworden sind. Früher lagerten nämlich alle wichtigen Dokumente auf dem Speicher der Burg. Und irgendwann vor langer Zeit hatte die Burg eben einen Dachschaden und es regnete durch wie verrückt. Dabei ist die Schrift komplett verschwommen, keiner konnte die

Dokumente mehr lesen. Deshalb weiß jetzt niemand, warum es diese Legende überhaupt gibt."

„Nur die Sage selbst ist übrig geblieben …", stellte Wladimir fest.

„Ja. Und ein Brief. Total süßer Liebesbrief von der Gemmenfrau. Nicht, was ihr denkt, der war an ihre Kinder. Er fing an mit: Meine liebsten Herzen …" Jannis grinste.

Völlig unvermittelt stiegen in Merle die Tränen auf und im selben Moment sah sie auch Wladimirs Augen feucht schimmern. Er wandte sich ab. Merle biss die Zähne zusammen. Mama … In Merles Nachttisch lag ein Brief und er begann mit „Mein liebes Herz …" Mama hatte ihn kurz vor ihrem Tod geschrieben.

„Und die Hexe?", fragte sie mit zitternder Stimme. „War da auch was über die Hexe?"

„Die Hexe. Ja, voooolll cool!" Jannis' Augen schimmerten ebenfalls, aber vor Begeisterung. Zum Glück hatte er von Merles und Wladimirs Traurigkeit nichts mitbekommen. „Die steht in dem Museum als Puppe. In Originalgröße und sie sieht wie die perfekte Hexe aus. So ein Tuch um den Kopf …", Jannis legte sich ein unsichtbares Tuch um, „hutzelig und ganz helle, stechende Augen. Eine echte Hexe eben, wie bei Hänsel und Gretel! Und die Story … puuuuh!" Er blies die Wangen auf. „Sie soll zwei Kinder entführt haben. Und dann hat sie sie gefressen oder ausgesaugt, um sich zu verjüngen … Da gibt es alle möglichen Gerüchte …"

„Können wir leider nicht aufführen", sagte Wladimir trocken.

„Warum nicht?", fragte Jannis.

„No horror", erinnerte ihn Wladimir.

„Vielleicht lebt sie ja noch irgendwo im Wald", flüsterte Merle.

„Klar. In einem Lebkuchenhaus", sagte Jannis. „Mit Gummibärchen drauf. Und Schokobonbons. Und Marshmallows. Und Paprikachips …" Er leckte sich über die Lippen. „Okay, Leute, ich geh noch mal eben zum Kiosk runter. Braucht ihr auch irgendetwas?"

Merle dachte an ihr Geld, genauer: an den erbärmlichen Rest ihres Geldes. „Nö, nö. Zu viel Schokolade macht Pickel."

„Und zu viel Chips Muskeln", sagte Wladimir und kramte in seiner Hosentasche herum. „Hier. Bring mir eine Tüte Paprikachips mit. Die ungarischen."

Und dann waren sie wieder allein – Merle und Wladimir.

Merle stand auf. „Ich … geh mal nach Felix schauen", murmelte sie.

Wladimir nickte. Wieder lächelte er dieses kleine, schiefe Lächeln, das er sich speziell für Merle ausgedacht zu haben schien.

Wie ein kleines Geschenk.

Merle wurde warm. Sie guckte weg und schleuderte einen ihrer Flipflops (den mit New York drauf) in die Höhe. Doppelter Salto – dann landete er in ihrer rechten Hand. „Sitzen deine Eltern eigentlich für einen … Einbruch?“

Kackepisse. Wieder so etwas, das sie eigentlich gar nicht hatte fragen wollen! Warum passierte ihr das nur ständig? Sie hielt den Kopf gesenkt.

Wladimir antwortete nicht.

„Ich … also, sorry. Du brauchst mir das nicht zu sagen“, stotterte sie und spähte vorsichtig von der Seite zu ihm hinüber. Er hatte den Kopf in seine Hände gestützt und schaute gar nicht zu ihr her, sondern Richtung Tal. Und seine Augen sahen rot aus.

Oberkackepisse.

Merle holte tief Luft – dann schlang sie ihre Arme um Wladimir. „Das tut mit leidleidleid mit deinen Eltern“, flüsterte sie. „Meine Mutter ist … ist tot, weißt du, aber wir haben ja Papa noch. Wenigstens.“

Manchmal begreift man gar nicht, wie das kommt. Dass man plötzlich auf einem Parkplatz herumsteht, an die warme Brust eines Jungen gedrückt. Mit zwei Armen auf dem Rücken. Die einen festhalten.

Zwei Arme eines Jungen, der nach Zedernholz riecht.

„Und was macht ihr jetzt?“

Merle drehte sich um. Jannis stand mit zwei knisternden Jumbochipstüten vor ihnen.

„Nix."

„Nö", sagte Wladimir.

„Ich wollte gerade nach Felix schauen."

„Genau."

Jannis raschelte mit den Tüten. „Ich hab für Felix ein paar Lakritzschnecken mitgebracht", sagte er. „Und dann hatte ich noch Geld übrig und dachte, dass Schokolade vielleicht nachts nicht so viele Pickel macht?"

Nie, nie, nie kriegte man diese Gefühle sortiert, dachte Merle. Dann war man mal glücklich – so sehr, dass es im ganzen Körper prickelte, als sei man eine Sprudelwasserflasche. Und schon fühlte man sich im nächsten Moment wieder mies.

Jannis hatte ihr ein Geschenk mitgebracht.

Und er sah traurig aus.

„Okay, ich muss jetzt echt mal nach Felix schauen, ist ja schließlich mein Bruder. Nehmen wir den ganzen Süßkram heute Nacht mit in den Eiskeller?"

Die Jungen nickten.

Und dann schlüpfte sie in ihren linken Flipflop (den mit New York drauf) und floh Richtung Burg.

Nacht. Freundin der Diebe.

Zeit des Zaubers, Zeit der Geister und Zeit der Träume. Auch Zeit der Albträume, übrigens. Hoch in der

Burg, in einem Zimmer, das halb ins Tal herabsah und halb auf die bewaldeten Berge, schrak ein alter Mann aus dem Schlaf und setzte sich schwitzend auf. Er fuhr sich mit einer zitternden Hand über die Stirn.

Wieder ein Traum!

Wieder ein Albtraum!

Er kniff die Augen mehrmals zusammen, um die Bilder nicht mehr sehen zu müssen. Der Schnee, das Blut, das Knarren der Eichentür und dann – der Schrei!

Und das Lied – die verdammten Worte waren in seinen Kopf zurückgekehrt, klar und deutlich und vollständig. Nie wieder hatte er sie hören wollen! In seinem Traum sang *sie* es, die junge Frau mit den dunklen Haaren, den großen Augen voller Silber und dem Samtband mit der Gemme um den Hals. Sie sang es und sah ihn dabei lächelnd an …

Die Tränen traten ihm in die alten Augen. Ausgerechnet sie!

Er konnte es nicht mehr ertragen, wie die Jugendlichen im Museum sich über den Brief an ihre Kinder lustig machten, auch der Junge heute Mittag hatte wieder gegrinst. Wie oft hatte er selbst als Kind heimlich den Brief der jungen Frau gelesen und sich vorgestellt, sie wäre seine Mutter …

Er musste sich davon befreien, es musste ein Ende haben. Er würde den Brief vernichten.

Die Träume – sie kamen nicht umsonst. Etwas lauerte, etwas kam näher, etwas wusste Bescheid.

Nur … was?

Und warum pfiff und summte Friedrich Schiller die Melodie immer, wenn er, der Graf, sich in seiner Nähe aufhielt? Das tat er doch nicht ohne Absicht! Der alte Mann ballte die Hände zu Fäusten.

Ja, es musste ein Ende haben!

Während er mit der Linken nach seiner Brille tastete und mit der Rechten nach dem Schalter der Nachttischlampe, lief ihm langsam eine Träne über die Wange. Er ging zu dem kleinen Schreibtisch hinüber, öffnete das Fenster, atmete tief die kühle Luft ein und lauschte in die Nacht.

Was war das für ein Rascheln in seinem Wald? Der Graf versuchte, die Dunkelheit mit seinem Blick zu durchdringen. Ob sich die Wildschweine auf den Weg gemacht hatten? Um alte Eicheln aus der Erde zu graben? Es klang nicht nach Wildschweinen, dachte der alte Jäger, und zum ersten Mal bedauerte er heftig, dass er keinen Hund mehr besaß.

Er hatte nicht allzu viel gegen die Veranstaltungen und Ferienfreizeiten in seiner Burg, immerhin stellten sie einen guten Teil seiner Einnahmen dar. Aber alles musste seine Ordnung haben, das betonte er besonders bei den Jugendgruppen immer gleich zu Beginn und mit Nachdruck. Er würde selbst nach dem Rechten sehen müssen.

Aber nicht jetzt – jetzt hatte er etwas anderes vor. Etwas, das schon längst hatte erledigt werden müssen.

Er schloss das Fenster mit einem Knall und knipste die Schreibtischlampe an.

Ihr Licht bohrte sich in die Dunkelheit, während der Graf die Schubladen nach Briefpapier durchsuchte.

14. Kapitel

Die Nacht tickte voran und auch im Eiskeller – nur zweihundert Meter Luftlinie vom Schreibtisch des Grafen entfernt – lebten kleine Lichter. Warme, lebendige, winzige Feuer. Leben, das der alte Raum schon so lange nicht mehr kannte.

„Und was spielen wir heute?“, fragte Merle, während sie ihr Kleid zurechtlegte, damit sie es auf ihre spezielle Merle-Art überstreifen konnte: Sie drehte es auf links und stülpte es sich dann über den Kopf.

„Keine Ahnung.“ Jannis kämpfte mit den Knöpfen von Felix’ Hose. „Mann, sind diese Knopflöcher klein! Wir probieren es halt aus wie beim letzten Mal. So eine Art Impro-Theater.“

„Was ist das?“, fragte Felix.

„Das ist … Na ja, wir improvisieren, wir spielen einfach drauflos. Was uns so einfällt.“

„Ich weiß nicht, ob mir das *eingefallen* ist …“, sagte Merle zögernd. Irgendwie war der Tanz einfach da gewesen. Ausgelöst durch Wladimirs Summen.

„Aber so funktioniert das doch, mit Kreativität und so. Haben mir meine Eltern erklärt." In Jannis' Brillengläsern spiegelten sich die Kerzenflammen. „Einfach fließen lassen, sagt meine Mutter immer."

Merle seufzte. „Ich bin aber nicht kreativ", sagte sie.

„Klar bist du kreativ", verbesserte Jannis sie. „Man weiß nie, was in einem steckt, bevor man es nicht ausprobiert hat, sagt meine Mutter auch immer. Bei dir steckte jedenfalls Tanzen drin."

„Pffff." Merle musste kichern bei dem Gedanken, wie Papa neulich versucht hatte, mit ihr zu tanzen, weil er im Radio so einen Song gehört hatte. Nach drei blauen Flecken und einem zertrümmerten Blumentopf hatte er zum Glück aufgegeben. „Okay, und nach dem Fließenlassen? Schreiben wir das dann auf? Damit wir es nicht vergessen?"

„Klar", sagte Jannis und klopfte auf seinen Rucksack. „Hab extra ein Heft mitgebracht."

Merle sah sich um. Nun standen sie wieder im Kreis, aber waren sie überhaupt noch dieselben? Jannis und Wladimir? Felix und Merle? Oder waren sie längst in ihre Rollen geschlüpft und frei, ganz jemand anderes zu sein? „Kleider machen Leute", irgendwo schien ihre Großmutter es zu wispern.

„Dein Schuh ist auf", sagte Wladimir leise.

Merle bückte sich, um ihn zuzuschnüren, und als sie sich aufrichtete, streifte ihr Handrücken zufällig Jannis' Wams …

Es war Sommer und Merle lief mit Jannis durch einen dichten Wald. Bienen summten, Vögel zwitscherten, die Sonne malte golden flirrende Punkte auf den Weg und Merle hüpfte vor Glück.

Jannis, ihr Vater, sagte leise:

„Und im Hoch der Sommerzeit
spürst du schon ihr Ende,
spürst du Winter, Kälte, Leid,
endet Sonnenseligkeit,
nah ist schon die Wende …"

„Ach, Vater, was für traurige Worte", sagte Merle vorwurfsvoll.

Ihr Vater lächelte sie an, aber es war ein ebenso trauriges Lächeln und es machte Merle unruhig.

„Du weißt, mein Kind, dass hier im Herz des Waldes die Hexe haust?"

Merle nickte erleichtert. So war es nur die Hexe, die ihm auf der Seele lastete. Sie zog die Schultern schaudernd zusammen. „Hu, ja, die Hexe! Doch so weit geh ich nicht", beruhigte sie Jannis.

Ein gutes Stück hinter ihnen lief Felix, schlug mit einem Stock gegen die Baumstämme und lauschte dabei, wie unterschiedlich sie klangen.

Jannis starrte vor sich hin und schwieg. Und wieder kribbelte ein unbehagliches Gefühl Merles Rücken hinunter. „Was ist, Vater? Was seht Ihr so unglücklich aus?"

„Auf deinen kleinen Bruder passt du gut auf?", fragte ihr Vater zurück.

„Vater, welche Frage! Ich hüte meinen kleinen Bruder stets und werd's auch künftig immer tun!"

„Und wirst es künftig immer tun", bekräftigte Jannis. Er blieb stehen. „So merk auf, was ich dir zu sagen habe …"

Merle fühlte die Katastrophe kommen, sie sah es in seinem Gesicht.

„Die Mutter …" Jannis stockte. Mit erstickter Stimme fuhr er fort: „Was soll ich lange zögern. Sie ist tot." Seine Stimme brach, er drehte den Kopf zur Seite, wohl damit sie seine Tränen nicht sah.

„Tot?", schrie Merle auf. „Sagt, Vater, dass es nicht wahr ist …!"

Jannis aber nickte und jetzt flossen die Tränen aus seinen Augen.

Merle fiel in seine Arme.

„Sie ist … gestürzt … bei ihrer Base. Sie wollte helfen, wie sie's immer tat … doch niemand konnt ihr helfen." Der Schmerz überwältigte ihn und Merle presste ihr Gesicht in sein Wams und schluchzte hemmungslos. Und einen Moment lang vermischten sich Stück und Wirklichkeit und Merles Trauer hatte keine Grenzen mehr.

Felix' kleine Stimme hinter ihr: „Kommt Mama denn nie wieder?", brachte eine neue Flut von Tränen. Nie wieder … das war das Schrecklichste, wenn jemand starb. Ihm nie wieder sagen zu können, wie lieb man ihn hat …

Nie, nie, nie mehr …

„Sie ist im Himmel", sagte Jannis jetzt gefasst. „Und ich bin sicher, sie ist dort glücklich und sie folget allen euren Schritten. Was immer ihr tut, sie wird bei euch sein."

Ernst sah er auf seine Kinder nieder. „Dies ist für euch", sagte er und reichte Merle einen Brief.

Sie riss ihn auf, tränenblind. Es gelang ihr jedoch nur, die ersten Worte zu lesen: ‚Meine liebsten Herzen …', dann verschwammen die Buchstaben vor ihren Augen.

Alles wurde dunkel und Merle verlor den Boden unter den Füßen. Als sie wieder erkennen konnte, was um sie herum passierte, spürte sie eine kleine Hand in ihrer Linken und die Szene hatte gewechselt.

Diesmal lief Merle allein mit Felix den Waldweg entlang und der Herbst war gekommen. Blätter trudelten zu Boden, glühten rot und gelb an Ästen und Zweigen, grau tropfte der Himmel auf die Erde herab. Sie befanden sich tief im Wald, beinahe an derselben Stelle, an der der Vater ihnen vom Tod der Mutter erzählt hatte, als sie die Stimmen hörten, laut und ärgerlich. Merle und Felix hielten inne.

„Der Vater", flüsterte Felix.

Merle nickte stumm. Sie legte den Finger auf die Lippen und sie und ihr kleiner Bruder schlichen näher. Auf einer Lichtung standen sich Jannis und Wladimir gegenüber; blitzschnell zog Merle Felix hinter den gewaltigen Stamm einer alten Eiche. Das Gespräch der Männer war deutlich zu hören.

„Auch meine Frau bekommt ein Kind. Auch meine Kinder wollen frei sein, in Ehr und Reichtum, ganz wie deine!“, beschwerte sich Wladimir.

„Du kennst das Recht“, seufzte Jannis. „Doch was ich tun kann, werd ich tun …“

Merle und Felix sahen sich an. „Was will der Onkel?“, wisperte Felix, aber Merle zuckte die Schultern. Sie konnte es ihm auch nicht sagen.

„Hast du gehört, die Tante bekommt ein Kind!“, flüsterte sie ihm zu. „Wir haben bald ein Baby in der Burg!“

Felix strahlte, die beiden Männer auf der Lichtung aber schienen sich überhaupt nicht über das Baby zu freuen. Sie stritten und schrien, ihre Stimmen waren kaum noch zu verstehen, sie klangen so zerhackt, so keckerig wie die einer Schar Krähen oder Elstern …

… bis Merle bemerkte, dass draußen vor der Tür des Eiskellers wirklich ein Vogel schimpfte, wieder und wieder, laut und hässlich, und der Herbst verschwand und mit ihm der Regen, die Eiche und die Lichtung. Merle und Felix standen wieder im Dämmerlicht des Kellers.

Ihr war so heiß, dass sie sich das alte Kleid mit einer einzigen Bewegung über den Kopf streifte, dann ging ihr Atem ruhiger. Sie hasste es, wenn Erwachsene sich stritten; und die Wut war mit dem Stück nicht verschwunden: Jannis und Wladimir standen sich immer noch gegenüber, und Merle erschrak, als sie ihre hasserfüllten Blicke sah. Sie wedelte mit der Hand vor Jannis' Augen herum. „He, hallo, die Szene ist zu Ende! Wacht mal auf!"

Jannis starrte sie leer und merkwürdig an, bis Merle ihn schüttelte. Er blinzelte, schluckte und endlich landete er wieder in der Gegenwart. Auch Wladimir brauchte eine ganze Weile, bis er zurück in den Eiskeller fand. Und selbst dann warf er Jannis noch einen wütenden Blick zu.

Der ließ sich erschöpft auf den Boden plumpsen. „Mir ist schwindlig", stöhnte er.

„Vielleicht ist deine Kostümhose zu eng. Zieh sie mal aus!", schlug Merle vor.

Beide Jungen pulten sich aus ihren Kostümen, und tatsächlich ging es Jannis gleich besser, als er wieder in Shorts und T-Shirt und Trekkingsandalen im Eiskeller stand.

„Okay, Leute, sollen wir für heute Schluss machen?", fragte er. „Jaja, die Szenen schreibe ich auf, Merle. Aber in der Burg, da ist mehr Licht."

Wladimir hielt sich abseits, er wirkte bedrückt. Als Merle ihm die Hand auf den Arm legte, schüttelte er sie ab; es gab ihr einen Stich ins Herz.

„Los, lasst uns aufbrechen. Felix, zieh endlich dein Kostüm aus, dann gehen wir alle ins Bett!"

Als sie die Kerzen gelöscht, die Tür sorgfältig hinter sich zugezogen hatten und wenig später aus dem Wald traten, stellte Merle fest, dass in der Burg wieder mal ein einsames Licht brannte. „Wie spät ist es jetzt?“

Wladimir sah auf seine Uhr. „Kurz nach zwölf“, flüsterte er.

Merle stand still und lauschte. Keine Flötentöne, nur … Stille.

Eine lauernde Ruhe.

Doch da bekam sie einen freundlichen Stoß in den Rücken und jemand hinter ihr fragte: „Ich dachte, du bist müde, willst du den Rest der Nacht hier im Stehen schlafen?“

Merle schüttelte sich und wischte alle dunklen Gedanken fort. „Kann der eigentlich *nie* schlafen?“, fragte sie und gähnte herzhaft.

Endlich war es still, alle kleinen Lichter waren verloschen, die bösen und die guten. Das schattenlose Zwielicht des frühen Morgens lag zwischen den Tannen und den Disteln und Nesseln, auf den Wiesen, den Dächern der Burg und denen der kleinen Fachwerkhäuser.

Die Menschen schliefen, manche schnarchten (Sebastian) und manche hatten einen Daumen im Mund (Felix und Mick).

Und als der Tag sich anpirschte, kehrte das Wispern zurück.

„Nun nimmt das Stück seinen Lauf."

„Rettet sie, Meister! Die Macht wird sie zerstören, sie würde jeden zerstören!"

„Sie sind klug und stark."

„Und wenn Ihr euch irrt? Ihr irrt euch nicht zum ersten Mal!"

„Dieses Mal nicht. Sie sind die Richtigen."

„Bedenkt: Ihr habt auf *sie* gezählt, aber *sie* kann uns nicht mehr helfen, *sie* ist …"

„Ich weiß …"

„Ich weine um sie."

„Du bist nicht der Einzige …"

Der Tag war grau und windig, gelegentlich stürmte eine ausgewachsene Bö den Berg hinauf, ließ den Sand tanzen oder klebte eine Plastiktüte auf eine Windschutzscheibe.

„Und was erzählst du eurem Vater von dem Camp?", fragte Jannis Felix, pflückte einen Grashalm ab und glättete ihn mit dem Daumennagel.

Hier, auf der Wiese, die sie nach dem Geländespiel kennengelernt hatten, war es windgeschützt. Der Bach rauschte wenige Meter entfernt Richtung Tal und schluckte alle Gespräche, weswegen die Schickimickis sie hier bestimmt nicht abhören konnten. Die Wiese war etwas sumpfig und die Luft deshalb ziemlich mückenhaltig. Merle schlug zum vierten Mal auf ihr Schienbein, aber die Mücke hatte sich schon in Sicherheit gebracht.

Sie war so müde, doch jedes Mal, wenn sie an den Eiskeller dachte, fing ihr Herz an, schneller zu klopfen. Das raschelnde Kleid überzustreifen und zu einem ganz anderen Mädchen zu werden, in einer ganz anderen Zeit und einer ganz anderen Geschichte … und gleichzeitig spürte sie diese rätselhafte Angst. Vor der Geschichte. Vor ihrer Trauer und vor dem, was noch passieren würde.

Obwohl … das konnten sie doch eigentlich selbst bestimmen, oder?

„Was summst du da?", erkundigte sich Jannis bei ihr.

„Ich … äh … ein Lied", sagte Merle.

„Nee. Echt. Und was für eins?"

„Keine Ahnung … meine Mutter hat die Melodie manchmal gesummt. Früher …" Merle brach ab. Sie mochte es nicht, wenn jemand sie beim Summen erwischte, sie summte so schief.

„Merle? Ich kenn das Lied aber nicht", beschwerte Felix sich. Er stand mit den Füßen im Wasser und versuchte, eins der winzigen Fischchen zu fangen, die dort am Rand, wo der Bach Wirbel bildete, im Schatten verharrten.

„Natürlich nicht." Merle pflückte einen Grashalm

ab. „Du warst da noch zu klein. Bloß ein pupsiges Baby."

„Irgendwie kommt mir die Melodie bekannt vor", murmelte Jannis und kratzte sich am Kopf. „Der Mann vom Kiosk hat mal so eine ähnliche gepfiffen."

„Ja, der kennt die auch. Der kommt ja genauso von hier."

„Wieso? Ist das ein Lied, das es nur hier gibt?"

Merle zuckte die Achseln und versuchte, auf dem Grashalm zu blasen. Es klang verdächtig nach verschnupftem Ameisenbär.

„Merle, kann ich als Erstes mit Papa sprechen?", schrie Felix jetzt gegen das rauschende Wasser an.

„Klar, wenn du willst." Merle gähnte. Sie hielt sich schnell die Hand vor den Mund, als Wladimir mit den Handys kam. Mareike gab sie heute für eine Stunde aus, damit sie ihren Eltern „von euren *super* schauspielerischen Fortschritten" erzählen konnten.

Wladimir warf Jannis und Merle die Handys zu. Jannis' Smartphone fiel dabei fast in den Bach, aber Merle gelang es, ihr kleines Nokia zu fangen.

Wladimir blieb in einiger Entfernung auf der Wiese stehen und drehte sich von ihnen weg. Jannis sammelte sein Handy im Uferschlamm auf, wischte es ab und balancierte dann über die Steine auf die andere Seite des Bachs. Was ihm zwei nasse Füße eintrug, weil Jannis und Balancieren … Er hätte genauso gut Ballett tanzen können.

Nur Felix blieb neben ihr. Und als Papa zu Hause das Festnetztelefon abhob, schrie er sofort ins Handy: „Papa, in der Burg gibt es überhaupt keinen einzigen Geist! Aber rat mal, wie viele Spinnen Jannis und ich gefunden haben?!“

Und dann hatte sie selbst Papa am Ohr.

„Und, meine kleine Naturkatastrophe? Wie gefällt dir das Theaterspielen?“

„Ja, ist okay“, sagte Merle. „Bloß der Graf ist irgendwie gruselig, er …“

„Ja, das hat eure Mama auch immer erzählt“, unterbrach Papa sie und lachte. „Ich hoffe, ihr habt nicht so viel mit ihm zu tun. Der vermietet seine Burg bestimmt nur wegen des Geldes. Gefällt euch denn die Gegend? Hast du schon diese seltene Orchidee gefunden?“

Merle lächelte. „Hier gibt es hauptsächlich Brennnesseln.“

„Grüß schön“, sagte Papa trocken.

„Papa, wusstest du, dass es hier eine Hexe gab? Und in der Burg eine alte Sage? Und erinnerst du dich an das Lied, das Mama mir früher immer vorgesungen hat?“

„Moment, Moment. Hexe? Ja, das hat Margit mal erwähnt, aber du weißt ja, dass sie von solchen Sachen überhaupt nichts hielt. ‚Die arme Frau war bestimmt einfach eine gute Heilerin‘, hat sie gemeint. Und Sage? Nö, weiß ich nichts von.“

„Und das Lied?“

„Hmmm“, kam es durch das Nokia. „Lied. Erinnerst du dich noch daran, dass dein alter Vater ziemlich unmusikalisch ist?“

„Äh, ja. Aber vielleicht fallen dir ja die Worte des Liedes noch ein?“

„Nein. Dir?“

„Nope.“

„Aaaah, warte mal. Doch … irgendwas mit einem Vogel … Ist das denn so wichtig?“

Merle seufzte. „Keine Ahnung. Wir wollen hier bloß so ein richtig altes Theaterstück spielen, und wir dachten … na ja, die Hexe taucht irgendwie schon auf, und es wäre cool, wenn die Sage und das Lied auch vorkommen, aber … pfff … geht auch so.“

„Klar, denkt euch einfach etwas aus!“, ermunterte Papa sie und dann hörte Merle im Hintergrund die Türklingel.

„Oh, oh, ich muss jetzt Schluss machen“, hörte sie Papa an ihrem Ohr. „Das muss der Klempner sein.“

„Bezahlt der Vermieter den jetzt?“, fragte Merle erstaunt in das Handy, aber Papa hatte schon aufgelegt.

Mist, jetzt wusste sie auch immer noch nicht, wo Mama früher gewohnt hatte! Sie spürte einen scharfen Schmerz an der Wade. „Aua!“

Sie sah sich um.

Jannis hob beide Schultern. Sorry, sagte sein ganzes Gesicht. „Irgendwie ist das Steinchen nicht dahingeflogen, wo es hinsollte.“

„Wohin sollte es denn?", rief Merle interessiert zurück. „An meinen Kopf?"

Wladimir aber stand immer noch abgewandt, ein gutes Stück von ihnen entfernt. Obwohl er doch gar nicht mehr telefonierte.

15. Kapitel

Nacht, Zeit des Mondes und der Sterne, der Katzen und der Eulen und all derjenigen, die nicht schlafen können.

Oder wollen.

In einem Raum, halb unter der Erde verborgen, waren vier der Welt und der Nacht entrückt, in einer ganz anderen Zeit unterwegs, kurz vor dem Winter.

Hart und kahl reckten die Bäume ihre Äste dem Himmel entgegen, die Tannen so dunkel, als schliefen sie, und der Frost kam schon gekrochen. Und wieder liefen Merle und Felix den Waldweg entlang, der Tag war grau und aus den Wiesen stieg ein kalter Nebel.

„Wann kommt Papa wieder?“, fragte Felix und sah zu Merle auf.

„Ganz bald“, antwortete seine große Schwester. „Nur noch zwanzig Mal schlafen.“

„Das ist aber viel“, beschwerte sich Felix und Merle

seufzte. Ach ja, das war es. Sie vermisste ihren Vater so sehr, doch war sie die Große und passte auf den Kleinen auf, wie sie es dem Vater versprochen hatte – damals, im Herbst, an diesem Tag, an dem ein großes Stück von ihrer Seele starb und viele ihrer Träume.

„Du weißt doch, er ist in Geschäften unterwegs", sagte sie streng. „Lange schon ist er so unruhig gewesen. Nachdem er diesen Brief erhalten hat, dass das Schiff aus England mit all den Waren verloren gegangen ist …" Sie schüttelte den Kopf.

„Geld und immer Geld und Geld", maulte Felix.

Etwas raschelte im Unterholz, Merle spürte Schritte auf dem Weg vor ihnen. „Da kommt jemand", wisperte sie und instinktiv drängte ihr Bruder näher heran.

Eine dunkle Gestalt, ein groß gewachsener Mann, wurde zwischen den Bäumen sichtbar. Sehr gerade hielt er sich. Er ging langsam, als ob er auf etwas wartete.

Merle kannte den Schritt. „Der Onkel", flüsterte sie.

„Was will er hier?", flüsterte Felix zurück.

Merle wusste es nicht. Aber der Hals wurde ihr eng. Und dann stand er vor ihnen, mitten auf dem Weg.

Wladimir.

„Wohlan, Bruderkinder", sagte er leise. „Dass ich euch hier treffe, passt mir wohl. Ich habe etwas mit euch zu bereden …"

Merle senkte den Kopf. Nun würde es kommen, das nächste Unheil. Sie hatte es geahnt, seit ein paar Tagen schon. Und ihr Vater war so weit …

„Manno!“

Der Wald begann zu verblassen wie ein böser Traum.

„Ich habe keine Lust mehr auf dieses blöde Theaterstück! Ich will was anderes spielen!“

Die gefrorene Erde des Weges löste sich auf.

„Ihr seid voll komisch!“

Und hinter der dunklen Wand der Tannen tauchte eine andere Wand auf, eine felsige, voller zuckender Flammenlichter.

Jemand riss an Merles Arm, sie blinzelte … und schaute in Felix’ wütende Augen. „Ich will was mit Rittern spielen. Und nicht mit diesem gruseligen Onkel!“ Er zeigte auf Wladimir, der Merle gegenüberstand, blass wie Raureif, die Augenbrauen schwarz über den dunklen Augen. „Und außerdem habe ich Hunger!“, schrie Felix und seine Unterlippe zitterte.

„Ich hab was mitgebracht“, sagte Jannis.

Er kramte in seinem Rucksack und knisterte mit etwas, vermutlich einer Chipspackung; Merles Magen fing an zu knurren. Und das war so ein normales, alltägliches Geräusch, dass selbst Wladimir blinzelte und sein Gesicht wieder Farbe bekam. Er knöpfte sein Wams auf und legte den Kopf auf die Knie.

„Mann, diese Szene war richtig creepy“, sagte Merle.

Wladimir starrte an die Wand.

„Ich hab Hunger wie ein Wolf!“, sagte Felix und schnappte sich gleich eine ganze Handvoll Chips, wobei er Wladimir versehentlich anrempelte.

Eine Sekunde lang sah Wladimir so wütend aus, dass Merle der Atem stockte. Aber dann schien er zum Glück endlich wieder zu sich zu kommen. Er puffte Felix gegen den Arm und sagte: „Wie ein ganzes Rudel Wölfe", und griff ebenfalls tief in die Tüte.

Merle seufzte erleichtert, sein Gesichtsausdruck war wirklich unheimlich gewesen. Wladimir schenkte ihr sein winziges Mundwinkellächeln.

„Wollt ihr gleich noch weitermachen?" Jannis versuchte, einen Chip mit dem Mund aus der Luft aufzufangen.

„Ich will nach Hause!", sagte Felix mit Nachdruck. „Ich bin sooooooooooooo müde!"

„Gleich", versprach Merle. Und fragte: „Was danach wohl passiert? Was der Onkel wohl von den Kindern will?"

„Warum spielst du den eigentlich?", wandte Jannis sich an Wladimir.

„Der gehört doch in das Stück. Einer muss ihn ja spielen, oder?" Wladimir zuckte mit den Schultern. Aber er sah Jannis dabei nicht an.

Er sah Merle an.

Und sie verstand diesen merkwürdigen Ausdruck in seinem Gesicht nicht. Sie verstand ihn einfach nicht. Erst viel, viel später begriff sie, was sie in seinem Gesicht in dieser Nacht gelesen hatte: Angst. Und ein unbestimmtes Flehen.

Ja, viel später begriff sie es. Jetzt aber grinste sie ihm

nur zu, streckte ihre Beine aus und betrachtete ihre Laufrad-Narbe und auch die, die sie sich geholt hatte, als sie einen Baum hinaufgeklettert war, um nachzuschauen, ob Küken in einem Amselnest waren. Dann schlüpfte sie aus ihren etwas zu kleinen Sportschuhen, um die nackte Erde unter ihren Fußsohlen zu spüren.

Auch zwei alte Männer schliefen nicht in dieser Nacht. Seufzend wälzte Friedrich sich in seinem Bett herum. Der Mond schien ihm direkt ins Gesicht und er musste nun schon zum dritten Mal niesen. Er nahm sein hellblaues Stofftaschentuch vom Nachtschrank und legte es sich über die Augen, obwohl er genau wusste, dass es den Mond keineswegs aufhalten würde. In diesem Moment hörte er es.

Klack.

„Klack" passte nicht mitten in die Nacht.

Friedrich kannte alle Geräusche seines kleinen, verwinkelten Hauses – das Knacken der Balken, das Trampeln des Marders auf dem Dach und das Scharren der Taubenkrallen auf der Gaube. „Klack" war auf jeden Fall ein Brief, der durch den Türschlitz auf den Linoleumboden des Kioskes fiel.

Jetzt? Mitten in der Nacht?

Friedrichs Knochen ächzten, als er sich aufrichtete und nach seinen durchgetretenen karierten Filzhausschuhen angelte. Er legte den Kopf mit einer über die Jahre eingeübten Bewegung zur Seite, als er die Treppe hinunterstapfte – überall war es hier zu niedrig für seinen großen Körper.

Auf dem Boden schimmerte tatsächlich etwas weiß in der Dunkelheit. Friedrich bückte sich. Er sah aus dem Fenster auf die vom Mondlicht beschienene Straße, eine Katze lief schräg über das Kopfsteinpflaster. Niemand sonst war zu sehen. Seine Hand zitterte etwas, als er das kleine Licht auf der Theke anknipste, Brief in der Nacht, viel Unheil gebracht. Er riss den Umschlag auf und zog ein Blatt Papier heraus. Der Brief war mit der Hand geschrieben wie ein guter Liebesbrief. Mit einer blassen Schrift auf echtes Büttenpapier mit Wasserzeichen. Für diese Schrift reichte das Licht nicht aus. Er tappte in seine Küche hinüber, schaltete dort das Deckenlicht an und weckte den Nymphensittich.

„Büttenpapier", sagte er zu Ringelnatz.

„DU WIRST ALT", beeilte der sich sofort, ihm mitzuteilen.

Friedrich las mit gerunzelter Stirn. Dann faltete er das Blatt zusammen.

„Er hat es tatsächlich getan", murmelte er.

„GETAN", bestätigte der Vogel.

Friedrich sah auf. „Ich muss hier fort, Ringelnatz. Kommst du mit?"

Der Vogel gab ein langes, trauriges Pfeifen von sich,

das klang, als ob ein Gegenstand in eine metertiefe Schlucht fiel. Friedrich hob die Augenbrauen. Wo hatte er das Geräusch denn aufgeschnappt?

Dann schüttelte er den Kopf. „Er wird seiner Mutter immer ähnlicher", seufzte er.

Ringelnatz seufzte ebenfalls.

Friedrich schlug mit der Hand auf den Küchentisch, sodass der Vogel vor Schreck fast von der Stange fiel.

„Es muss mal ein Ende haben", sagte er grimmig. Friedrich natürlich, nicht der Vogel. „Wir werden ihn retten. Wir werden das alles hier retten, du und ich, Ringelnatz."

„DU WIRST ALT!"

„Du auch", sagte Friedrich und lachte. „Und jetzt machen wir zwei uns auf eine kleine Reise, mein Lieber, auf eine Forschungsreise …"

Der Nymphensittich legte den Kopf auf die Seite und imitierte das Geräusch einer anfahrenden Diesellok.

Wolken trieben rasch über den Himmel, der Wind blies Merle die Fransen aus dem Gesicht, als sie nach dem Frühstück die bucklige Straße in den Ort hinunterlief. Sie hatte jetzt ein wenig Zeit, bis Mareike ihnen ein paar Schauspieltricks zeigen wollte. Heute Nachmittag sollten sie ihr neu erworbenes Mareikewissen dann gleich bei ihren Proben anwenden.

Merle klimperte mit den letzten Münzen in ihrer Tasche. Vielleicht würde Friedrich ihr ja auch nur eine halbe Tafel Schokolade verkaufen … Sie gähnte, als sie den Ort erreichte, und hielt sich erschrocken die Hand vor den Mund. Niemand durfte wissen, wie müde sie war! Hoffentlich, hoffentlich würde sie Friedrich heute endlich allein erwischen. Sie musste ihn unbedingt nach Mama ausfragen. Vielleicht kannte er ja auch noch andere Leute, die sie gekannt hatten und mit denen sie sprechen konnte. Und vielleicht wusste er sogar, in welchem Haus Mama damals gewohnt hatte, als sie noch ein kleines Mädchen war?

Merle bog in die Straße ein, in der der Kiosk sich in einem alten Fachwerkhaus breitgemacht hatte. Das Schaufenster war dunkel, das schmale Fenster im oberen Stock auch. Vor der Eingangstür lag ein Stapel mit fest verschnürten Zeitungen, sie waren von heute. Friedrich hatte wohl noch keine Zeit gefunden, sie auf dem Ständer zu verteilen.

Innen an der Glastür hing ein Schild, Merle trat näher.

Geschlossen

Merle schaute auf ihre Armbanduhr. Zehn Uhr, normalerweise müsste der Kiosk um neun Uhr öffnen und erst um zwölf Uhr Mittagspause machen. Hatte Friedrich die Zeit vergessen? Verschlafen? Er ging ja sowieso nicht so ordentlich mit seinem Tag um. Vielleicht fütterte er aber auch nur wieder seine Vögel. Doch als sie durch den Durchgang huschte, fiel ihr auf, dass etwas fehlte: Gurren. Flattern. Das Keckern der Elstern in Friedrichs Vogelschar.

Hm.

Der kleine Hof lag verlassen da. Merle krümmte die Zehen und überlegte. Dann schlich sie sich an Friedrichs Küchenfenster heran, vielleicht konnte sie ihn ja überraschen … Auch in der Küche brannte kein Licht, Merle presste ihre Nase gegen das Glas. Auf dem Küchentisch lag ein Brett mit Apfelvierteln, die schon ganz braun waren. Bestimmt für Ringelnatz! Merle spähte zum Käfig hinüber. Aber da saß kein Ringelnatz, der Käfig war leer, die Tür stand offen. Merle runzelte die Stirn. Sie suchte die Küche ab, er musste da doch irgendwo hocken, so ein Nymphensittich war schließlich nicht gerade eine Maus!

Nichts.

Nur ein paar Spinnen.

Merle schob die Unterlippe vor. Sie konnte ja etwas später wiederkommen, kurz vor dem Abendessen.

Als sie wieder um die Hausecke bog, fiel ihr Blick erneut auf die Glastür. Irgendetwas fehlte. Merle zögerte und wickelte sich eine Strähne um den Finger. Natürlich! Die anderen Schilder! Das mit den Öffnungszeiten war verschwunden! Ebenso das „Ich muss draußen bleiben"-Schild mit dem durchgestrichenen Pudel.

Ein Windstoß blies ihr die Haare ins Gesicht. Was hatte Friedrich noch gesagt, beim ersten Mal? „Ich schließe nie ab." Sie drückte die Klinke herunter und warf sich mit Schwung gegen die Tür, inzwischen hatte sie gelernt, wie man damit umgehen musste. Nichts passierte, außer dass ihre Schulter wehtat. Sie versuchte es wieder, diesmal mit der anderen Schulter und danach war es wenigstens gerecht – beide Schultern taten jetzt gleich weh. Jemand kam mit langsamen Schritten die Straße hinunter, puff-pock-puff.

Kaltes Grausen – wie gut Merle das inzwischen kannte! Die Schritte kamen näher, sie beschleunigten sogar … und Merle rannte. Die Flipflops in der Hand, über das runde Kopfsteinpflaster der Gasse hinten herum, über den sandigen Weg, schließlich durch das Tor, die kühlen Stufen des Treppenhauses und hinauf bis in ihr Zimmer, in dem sie zum Glück ganz allein war. Sie warf sich auf ihr Bett, zog die Decke über den Kopf und versuchte, wieder zu Atem zu kommen.

Warum nur? Was war es nur an diesem kleinen, hässlichen Mann, das solch ein Grauen in ihr hervorrief? Woher kam dieses Bild – all dieser Schnee, diese Weite –, das sich jedes Mal in ihre Seele drängte und Finger und Zehen taub werden ließ? Und Friedrich. Plötzlich liefen ihr die Tränen über die Wangen.

Ob er je wiederkommen würde?

Und ob sie je noch etwas von Mama erfahren würde?

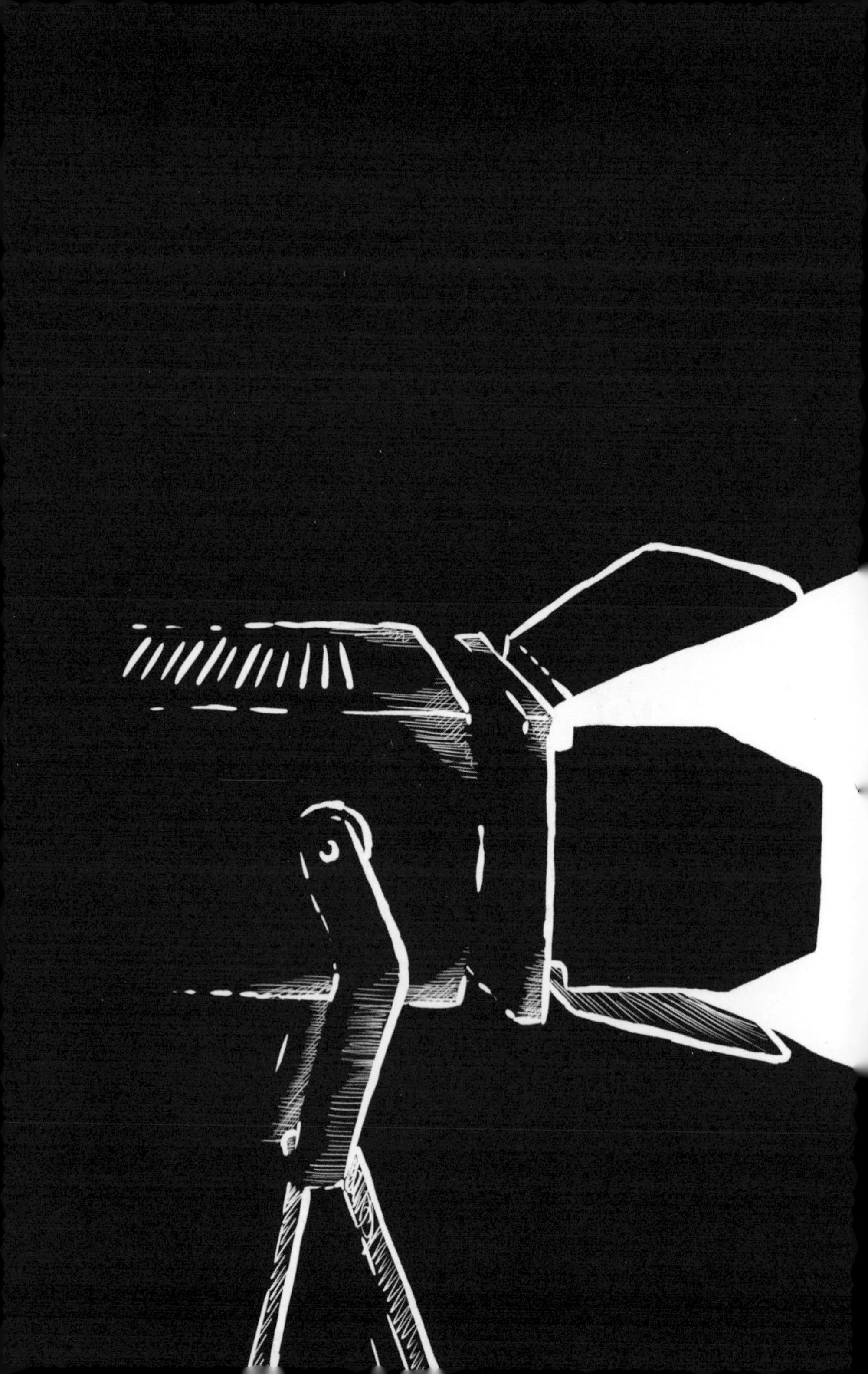

Dritter Teil

Das Leben ist ein Traum

Das Alte stürzt,
es ändert sich die Zeit,
und neues Leben blüht aus den Ruinen.

Friedrich Schiller: Wilhelm Tell

Sie saß am Feuer mit gebeugtem Rücken und nähte. Wie schnell sie den Faden durch den schimmernden Stoff zog und wie gleichmäßig! Die Alte hatte sie vieles gelehrt, ein Handwerk – das Weben und das Nähen –, um sich zu ernähren. Und auch das andere …

Die Jahre waren über die Hügel gezogen, wieder war es Winter geworden und die gütige Alte war gestorben. Eisblumen wuchsen am Fenster, durch ihre Blüten sah ich auf dem Fensterbrett eine Katze schlafen, von Zeit zu Zeit flackerte die Kerze auf dem Tisch. Es war so kalt in dieser letzten Raunacht. Sie musste sich so beeilen. Morgen, ach, morgen würde der Zauber vorüber sein.

Sie weinte. Träne um Träne fiel auf den Stoff.

Magische Tränen.

Mächtige Tränen, fähig, den Lauf der Dinge für immer zu verändern …

Die Zeit rollt, Jahrzehnte, Jahrhunderte zermahlten die alten Sagen zu Staub. Doch nun wird der Lauf der Geschichte sich vollenden.

Lasset das Stück also beginnen!

Den Vorhang ziehet auf!

16. Kapitel

Teller klapperten, irgendwo im Hintergrund schmetterte Aja eine ihrer Arien. Merle schob sich einen Löffel Linseneintopf in den Mund, allerdings ohne Würstchen. (Vegetarierin, schon vergessen?) Im Eintopf waren sehr viele Würstchen und sehr wenige Linsen, es würde ein sehr hungriger Nachmittag werden …

„Keine Schokolade mehr“, sagte sie leise zu Jannis.

„Und keine Chips“, gab er traurig zurück.

„Es ist doch merkwürdig, dass er so plötzlich abgehauen ist“, murmelte Merle.

„Tja, vielleicht macht er ja Ferien.“ Jannis legte den Kopf in den Nacken. „Habt ihr euch eigentlich mal die Decke angeschaut? Lauter Vögel.“

„Und Bäume. Und Ritter und Drachen, falls du die nicht gesehen haben solltest“, sagte Wladimir kauend.

Sebastian schob seinen Stuhl zurück, trat mitten in den Raum, stellte sich breitbeinig hin, zupfte ausgiebig an seinem spärlichen Bart und räusperte sich, bis alle Augen auf ihn gerichtet waren.

„Mareike und ich – wir sind so gespannt, wie weit ihr schon seid", fing er an. „Wir haben uns gedacht …", Sebastian warf Wladimir einen scharfen Blick zu, aber der studierte gelangweilt seine geblümte Serviette, „dass wir heute Abend mal einen Spieleabend machen. Also: nicht zocken, natürlich. Brettspiele, Kartenspiele, worauf ihr Bock habt, und dann …" Seine Stimme kletterte wie seine Augenbrauen eine Etage höher.

„Sollen wir alle eine Szene vorspielen", murmelte Wladimir und zog mit dem Daumennagel Linien auf seiner Serviette nach.

„Dachte ich, dass ihr uns alle mal eine Szene vorspielt. So als Appetitanreger. Work in progress", sagte Sebastian. „Wir machen open end. Das heißt", er schaute zu Felix hinüber, „selbst der kleine Felix darf aufbleiben bis Mitternacht."

Der kleine Felix gähnte und legte seinen Kopf auf den Tisch.

„Und halt, bevor ihr alle aufsteht", Sebastian wurde lauter, um das Stühlescharren zu übertönen, „für morgen ist ein Ausflug geplant."

Das Scharren machte eine Pause. Alle hörten zu, auch die Stühle.

„Wir nehmen meinen VW-Bus und fahren in die Stadt. Also ins Tal runter …"

Stille. Erwartung. Nasenpopeln.

„Da gibt es eine Kleidersammlung. Und wir dürfen schauen, ob wir Kostüme für unsere Stücke finden."

„Gibt es da auch eine gute Eisdiele?", fragte Krissie.

„Ich glaube schon", sagte Sebastian aufmunternd.

Die Schickimickis verließen alle gleichzeitig den Speisesaal, sicherlich wollten sie schnell wieder in den Hochsitz, um ihr Stück zu üben. Auf Merles Höhe hielt Mick an. „Na, wie weit seid ihr denn mit eurem Stück?" Seine Augen glitzerten.

„Wirst du ja sehen heute Abend."

Mick grinste. „Irgendwie süß, dass ihr euch so abmüht."

„Meinst du, die Loser haben irgendeine Chance gegen uns, Mick?", fragte Krissie.

Katti kicherte (ihr zweites Hobby neben Kaugummikauen). „Die sind doch viel zu müde", sagte sie träge. „Die müssen sich ja sogar nachts treffen, weil sie es tagsüber nicht hinkriegen …"

Merles Hände wurden feucht. Hatten die Pissikackis doch etwas mitbekommen? Sie hatte sich immer so leise hinausgeschlichen … hatte sie gedacht. Mistmistmist! „So ein Quatsch, nachts schlafen wir! Wie die Maulwürfe!", fügte Merle hinzu. Zum Glück kannte Katti sich mit Tieren nicht aus und wusste nicht, dass Maulwürfe nachts sehr beschäftigt sind – wenn auch eher mit Graben als mit Schlafen.

„Ach, ist doch egal, Katti, die können üben und üben, bis sie tot umfallen, gegen uns haben sie keine Chance …"

„Das werden wir noch sehen", sagte eine Stimme

neben Merle leise. „Wir werden sehen, welches Stück am Ende besser ist … Ich schätze, ihr werdet euch noch wundern.“ Wladimir stand völlig ruhig neben ihr, aber seine Hände zitterten. Etwas ging von ihm aus, eine geheime Kraft … Merles sämtliche Härchen richteten sich auf. Und sie sah, wie Jannis einen ängstlichen Blick zu Wladimir hinüberwarf.

Der Einzige, der nichts merkte, war Mick. „Vielleicht wäre es cooler“, schlug er grinsend vor, „wenn ihr euch jetzt schon klarmacht, dass ihr null Chancen habt. Dann wird es weniger stressig für euch …“

„Und vielleicht macht ihr euch jetzt schon klar, dass ihr so eine Art Bananen seid, dann wird es im ganzen Leben weniger stressig für euch“, gab Merle zurück.

Mick, Krissie und Katti lachten höhnisch.

„Was für Opfer!“, seufzte Krissie. „Kommt, nicht dass die noch ansteckend sind …“

„Wir treffen uns gleich unten am Eingang, okay?“, flüsterte Wladimir Merle zu.

„Okay, geht schon vor, ich komm gleich“, flüsterte sie zurück. Das Wort „Bananen“ hatte ihr etwas ins Gedächtnis gerufen. Aus der Küche hörte sie, wie Aja die Spülmaschine zuklappte. Sie brauchte noch etwas zu essen, es half alles nichts, sonst würde sie spätestens heute Nachmittag vor Hunger in Ohnmacht fallen.

Als sie den Kopf zögernd in die Küche streckte, spülte Aja gerade die großen Töpfe.

„Ent … Entschuldigung?!“

Aja fuhr herum, als habe sie jemand bei etwas Verbotenem erwischt. Dann sah sie, dass es nur Merle war, wischte sie sich die Hände an ihrer Schürze ab und lächelte.

„Ich …“, fing Merle an, aber Aja unterbrach sie sofort: „Du bist doch Merle Paulsen, oder?“

„Äh … ja …?“

„Ich habe etwas für dich, warte mal!“

Aja suchte in ihrer Rocktasche. „Hier, das lag in meinem Briefkasten. Kein Absender. Und die Briefmarke ist auch nicht abgestempelt, keine Ahnung, was das soll. Vielleicht kannst du ja was damit anfangen.“

Die Schrift kam Merle bekannt vor, aber sie gehörte nicht Papa: Für Merle Paulsen.

Sie runzelte die Stirn, als sie den Umschlag öffnete. Ein Kassenbon, nichts weiter. Merle fischte ihn heraus. Vorne waren lauter Nullen abgerechnet und hinten? Sie drehte ihn um und las:

Gesmaehet unde gezieret
ist, swa sich parrieret
unverzaget mannes muot,
als agelstern varwe tuot.

Hüte dich vor dem Elsternmenschen!

Der letzte Satz war in der gleichen Schrift wie ihr Name auf dem Umschlag. Friedrich? Hatte er ihr den Brief über Aja geschickt? Der Kassenzettel sah genauso aus wie der, den sie für die Abrechnung mit Papa zurückgelegt hatte.

„Danke, ich … Nee, keine Ahnung …“ Ihre Stimme klang in ihren eigenen Ohren rau.

Aja strahlte. „Vielleicht hast du ja einen heimlichen Verehrer!“ Sie zwinkerte ihr zu und Merle lächelte verlegen.

Hüte dich vor dem Elsternmenschen!

Seltsamer Verehrer.

„Wenn ich noch mehr solcher Briefe bekomme …“, fing Aja an.

„Kannst du sie mir auf jeden Fall geben“, sagte Merle und ließ den Zettel in ihrer Hosentasche verschwinden. „Hättest du noch etwas zu essen für mich? Vielleicht eine Banane?“

Nachdenklich schälte sie wenig später in der Eingangshalle ihre Banane. Was zum Kuckuck war ein Elsternmensch? Und warum kam ihr dieses merkwürdige erste Wort „Gesmaehet“ so bekannt vor? Was bedeutete überhaupt der ganze Spruch?

Jannis war der Erste, der die Treppe hinunterkam; das war wie immer nicht zu überhören.

„Gesmaehet unde gezieret“, grübelte er, nachdem Merle ihm den Zettel gezeigt hatte. „Das ist mittelhochdeutsch oder althochdeutsch oder so etwas.“

„Äh … und was heißt das?“

„Keine Ahnung, aber irgendwie … He! Warte mal!“ Er starrte Merle an. Und dann galoppierte er los, ohne Vorwarnung, aus der Tür heraus, wobei er aussah wie ein betrunkenes Gürteltier. Merle raste vorsichtshalber hinterher. Falls Jannis gleich einen Krankenwagen brauchte …

Er stürmte über den Hof, schlingerte um die Kurve und stolperte erst auf dem Weg durch das Tor. Merle holte ihn direkt davor ein – mit voller Wucht. Jannis hatte nämlich eine Vollbremsung hingelegt und für Merle war der Bremsweg eindeutig zu kurz.

Als sie sich wieder aufgerappelt und Jannis sich mit Spucke das Blut vom Knie gewischt hatte, hob er den Arm und zeigte auf den Efeu.

„Aha“, sagte Merle. Aber dann sah sie genauer hin.

„Gesmaehet unde gezieret …“

Tatsächlich. Blau verblasst, der Rest unter dem im Wind flatternden Efeu versteckt, aber dort stand es. „Die Elbensprache!“ Merle sah Jannis an. „Warum schickt Friedrich mir dieses komische Gedicht? Damit ich endlich weiß, was auf der Burg draufsteht?“

Jannis zuckte die Achseln. „Keine Ahnung“, sagte er. „Aber vielleicht finden wir es ja noch heraus.“

Als Wladimir zu ihnen trat, erkannte Merle sofort, dass sich seine Stimmung nicht verändert hatte.

„Und was stellen wir jetzt mit den Losern an?“, fragte er und Merle sah seine Backenknochen mahlen.

Sie gab sich einen Ruck. „Also, beim Fußball macht man das so“, sagte sie. „Komm mal her, Felix.“ Sie bildeten einen Kreis, jeder legte dem anderen den Arm um die Schultern, bis auf Felix natürlich. Merle kicherte. „Die sind dran, die sind dran, die sind dran“, flüsterte sie.

Die anderen setzten ein und wurden immer lauter, bis Wladimir schließlich schrie: „Die sind echt dran, die Scheiß-Schickimickis!“

Sie brachen auseinander und Wladimir spuckte in den Staub.

„Ja, aber was sollen wir denn jetzt *wirklich* machen?“, fragte Jannis. „Verprügeln wäre ja vielleicht nicht so eine gute Idee“, fügte er in Wladimirs Richtung hinzu.

Der verrieb seine Spucke mit der Schuhspitze auf der Erde. „Die üben doch auf diesem Hochsitz, oder?“ Er schaute Merle an.

„Ja. Wahrscheinlich.“

Ohne ein weiteres Wort lief er los.

Merle und Jannis warfen sich einen erschrockenen Blick zu. Dann nahm Jannis Felix an die Hand und sie rannten hinterher.

Wladimir bremste erst an der rot-weißen Schranke. Er legte einen Finger an die Lippen. Immerhin sah er jetzt etwas friedlicher aus. „Hast du das Heft dabei?“

Jannis nickte.

Der Abend dämmerte heran und die Work-in-Progress-Vorstellung ebenfalls. Mareike und Sebastian hatten im Speisesaal, dort, wo sonst die Tische für das Frühstücksbüfett standen, eine Art Bühne aufgebaut und mit den Stühlen einen kleinen Zuschauerraum geschaffen. Die Tische hatten sie unter den Fenstern zusammengeschoben und ein paar Schüsseln mit Süßigkeiten darauf verteilt. Keine dunkle Schokolade. Natürlich nicht.

Der Wind hatte sich beruhigt und war einem milden Abend gewichen, golden fiel die Sonne durch die Buntglasscheiben und ließ die Bühne in einem magisch-bunten Licht glühen.

„Wer von euch möchte als Erstes …?“, fing Sebastian an und sofort rief Jannis: „Wir!“

Merle versuchte, ruhig zu atmen, als sie nach vorne ging. Jannis und Wladimir folgten, Felix blieb im Zuschauerraum sitzen und zog einen Flunsch, aber er konnte ja nicht mitspielen.

„Ach, Merle“, rief Krissie. „Warum lasst ihr denn deinen Bruder nicht mitmachen?“

Merle sah, wie sie feixte.

„Wir sollen doch nur einen *Appetithappen* spielen“, antwortete Merle. „Und für *diese* Szene brauchen wir ihn nicht!“

Sie zwinkerte Felix zu. Jetzt grinste der Kleine und winkte zurück. Und nun blieb ihnen wohl nichts anderes übrig, als anzufangen.

17. Kapitel

Wladimir stand zwischen Jannis und ihr, und während Merle vor Aufregung ihren Daumen knetete, starrte Wladimir ruhig und kalt in den Zuschauerraum. Seine kurzen Haare, die in der Zeit auf der Burg schon ein wenig gewachsen waren, schimmerten rot und blau im Licht, das durch die Scheiben fiel.

Schließlich räusperte er sich, sah Jannis an und … piepste los; Merle hätte nie gedacht, dass er so hoch sprechen konnte:

„Hey Bitch, eines muss ich dir jetzt ganz klar sagen,
hey bitch, da musst du auch nicht mehr nach fragen:
Er liebt nur mich.
Er liebt dich nicht!“

Er zeigte auf Merle, und Merle versuchte, wie ein extrem lässiger Junge auszusehen. Was etwas in die Hose ging, weil sie hauptsächlich mit Nicht-Laut-Loskichern beschäftigt war.

Jannis: „Du hast null Chancen, ist dir das nicht klar?“

Seine Wangen waren rosa vor Aufregung. Oder vor Buntglasscheiben.

„Guck dich doch an, deine Haut, dein Haar!

Der dahinten ist viel zu schön für dich!

Und außerdem liebt er ausschließlich mich …"

Bewegung im Zuschauerraum.

Merle kam nicht mehr zu ihrem Text. Mick war aufgesprungen und rannte auf die Bühne zu, und Krissie und Katti, die in der ersten Reihe saßen, kreischten: „Ihr spinnt wohl, ihr fiesen Verräter!"

Sebastian, der zwar nicht begriff, was hier passierte, wohl aber, dass hier gleich eine Prügelei starten würde, fing Mick mitten im Sprung ab. Und er hatte *auch* Muskeln.

„Was ist denn hier los?", schrie Mareike. Und: „Nein, Krissie, Kratzen ist verboten! Habt ihr sie noch alle?"

Aus den Augenwinkeln sah Merle eine Bewegung … Wladimir.

Blass stand er neben ihr, die Hände zu Fäusten geballt, bereit, sich jederzeit auf Mick zu stürzen, der währenddessen versuchte, sich aus Sebastians Armen zu winden, und unentwegt brüllte: „Verräter! Ihr Verräter!"

Wladimirs Narbe schien zu leuchten, wenn auch das vielleicht nur durch das Glas hervorgerufen wurde. Merle erschrak davor, wie hart sein Gesicht aussah.

„Wladimir?"

Er sah sie abwesend an. Dann rannte er los, den

Kopf gesenkt, direkt auf Sebastian und Mick zu. In der letzten Sekunde drehte er ab, warf einen Stuhl um, als er aus dem Saal stürzte, und verschwand. Man hörte ihn die Treppe hinunterpoltern.

Sprachlos sahen ihm die anderen nach.

Mareike und Sebastian aber kochten. Sie sagten etwas von „fair bleiben“ und dass spionieren einfach nicht okay sei bei einem Wettbewerb und dass sie gedacht hätten, sie wüssten das alle, und Merle dachte: als ob! Als ob die Schickimickis sie nicht zuerst ausspioniert hätten. Als ob die Schickimickis Merle nicht die ganze Zeit ärgerten. Und gemein über Felix redeten.

Schließlich erklärte Jannis, sie hätten nur ganz wenig gehört. Nur das, was sie gerade vorgetragen hatten (was beinahe stimmte), und dass sie es auch nicht wieder machen würden (was nicht unbedingt stimmte). Und Mareike fragte die Schickimickis, ob sie trotzdem noch etwas vortragen wollten, aber das wollten sie nicht.

Merle, Jannis und Felix konnten auch nichts vortragen (selbst wenn sie gewollt hätten), denn Wladimir war und blieb verschwunden. Und so schickten Mareike und Sebastian Jannis und Merle und Felix zur Strafe auf ihre Zimmer und nahmen die Pissikackis zum versprochenen Spieleabend mit in ihre Betreuerzimmer.

Als Felix protestierte, nahm Jannis ihn an die Hand. „Ist doch egal! Komm, wir gehen UNO spielen“, flüsterte er ihm zu. „Oder soll ich dir Mühle beibringen? Machst du auch mit?“, wandte er sich an Merle.

Merle nickte. „Ja, aber ich will erst mal …“

„Wladimir suchen“, vollendete Jannis ihren Satz. Auf dem Weg nach draußen griff er sich eine Schüssel Chips und Felix stopfte sich die Taschen mit Gummibärchen voll.

Merle verließ als Letzte den Speisesaal, langsam stieg sie die Treppe hinab. Was war los mit Wladimir? Warum war er so verändert, woher kam diese unglaubliche Wut? Niemand hatte ihm etwas getan! Jedenfalls niemand von ihnen.

Sie hatte echt Angst gehabt, einen Moment lang, dass Wladimir … Es hatte so ausgesehen, als wollte er sich ernsthaft prügeln. Und er hatte *richtig* Muskeln!

Mitten im Vorraum blieb sie stehen. „Hüte dich vor dem Elsternmenschen!“ … und wenn Friedrich Wladimir damit gemeint hatte? Schwarz und weiß, wie das Elsternkleid – genauso kam Wladimir ihr vor, immer nur heiß und kalt, mal lieb, mal so, dass sie … vor ihm zurückschrak. Und sie wusste auch immer noch nicht, weshalb seine Eltern im Gefängnis waren.

Shit!

Merle biss sich auf die Unterlippe. Ohne es zu merken, hatte sie die Burg verlassen und war Richtung Dorf getrödelt. Da saß jemand auf der Parkplatzmauer, den Kopf auf den Knien und die Arme um die Beine geschlungen.

Wladimir … weinte er etwa?

Merle wollte zu ihm laufen, doch dann zögerte sie. Ein alter Mann kam die schmale Straße heraufgeschritten, Merle blieb wie erstarrt stehen. Aber – war er tatsächlich alt? War er klein und grau und glatzköpfig? Oder vielmehr groß und schlank, mit schwarzen Haaren, die in der Sonne glänzten wie Elsternfedern? Und war das da ein Stock an seiner Seite? Oder … ein Degen?

Merle stockte der Atem. Sie fühlte sich, als schwebte sie in einem Niemandsreich, als ob die Wirklichkeit sich langsam auflöste wie brennendes Holz in Rauch.

Der Mann erreichte den Parkplatz und verlangsamte seinen Schritt. Merle blinzelte – es war wohl doch der alte Graf, klein und grau. Sie sah, wie Wladimir den Kopf hob und aufsprang. Aber war das wirklich Wladimir? Nun war *er* groß und schlank und hielt sich sehr gerade, genau wie … Merle brach der Schweiß aus – wie der Onkel in ihrem Stück! Sie kniff die Augen zu.

Als sie sie wieder öffnete, war der geheimnisvolle Dunkelhaarige verschwunden. Doch Merle war, als ob sie zwei Jungen sähe: einen, der sie aufgefangen hatte, als sie aus dem Fenster der Burg geklettert war. Und einen, der sich mit hasserfülltem Gesicht beinahe auf Mick gestürzt hatte und nun vertraulich mit dem Grafen sprach, obwohl er doch *ihr* Freund war … Oder?

Wer war der Elsternmensch? Vor wem sollte sie sich hüten?

Jetzt trat Wladimir einen Schritt zurück, der Graf hingegen straffte sich. Er wandte sich ab und machte sich an den weiteren Aufstieg zur Burg.

Merle aber floh. Nie, nie mehr wollte sie dem Grafen begegnen, schon gar nicht allein …

Einige Stunden später stand Merle reglos inmitten des Schlafzimmers, so wie all die Nächte zuvor. Wieder lauschte sie. Doch, sie atmeten gleichmäßig, Pissi und Kacki. Niemand konnte doch wohl so atmen, der nicht schlief!

Vor den Fenstern lauerte die Finsternis. Merle schaute hinaus. Was würde diese Nacht wohl bringen? Welche Richtung würde ihr Theaterstück nehmen?

Wenn sie nicht wüsste, dass der Onkel einfach nur Wladimir war – sie hätte echte Angst! Sie würde nicht mehr in den Eiskeller zurückkehren.

Andererseits …

Ihre Wangen glühten, als sie an den runden Felsenraum dachte, an das Kerzenlicht und ihr raschelndes, bezauberndes Kleid.

Merle seufzte. Schließlich und endlich dachten sie sich das Stück ja wohl selbst aus. Und wenn es zu unheimlich wurde, mussten sie es eben ändern!

Sie zog die Tür hinter sich zu. Nichts quietschte. Die Gespenster hatten in diesem Teil der Burg wirklich keine Chance, gruselige Geräusche zu produzieren; Merle musste grinsen. Am Fuß der Treppe traf sie auf die Jungen. Sie warf Wladimir einen prüfenden Blick zu. Er zwinkerte ihr zu, Merle strahlte ihn erleichtert an und hüpfte die letzten beiden Stufen hinab. Sie würde ihn nachher fragen, was er mit dem Grafen beredet hatte, vielleicht hatte es ja gar nichts zu bedeuten.

Die Nacht empfing sie mit offenen Armen. Die Wolken, vom Mond angeleuchtet, sahen aus wie riesige Himmelsgeister; vor ihnen lag der vertraute Weg durch raschelndes Gras und knisternde, knackende Dunkelheit. Tief und erwartungsfroh atmete Merle die kühle Luft ein.

„Los, wir müssen uns beeilen, sonst verlieren wir ihre Spur!“, flüsterte Mick, während er seine Füße in der dunklen Eingangshalle in seine Chucks hineinquälte. „Ich habe aus dem Fenster gesehen, dass sie durch das Tor zu der Wiese am Burggraben rübergeschlichen sind!“

„Hihi, nachher üben sie in *unserem* Hochsitz, stell dir das mal vor! Die üben nachts und wir üben tags!“, hauchte Krissie und Katti kicherte begeistert und schob sich einen Kaugummi in den Mund.

„Glaube ich nicht.“ Mick sprang auf. „Dann hätten wir irgendwann mal was von denen gefunden. Keine

Ahnung, eine Flasche oder irgendwas, was die vergessen haben … So, kommt jetzt, die sind so was von dran!“

Und wenig später huschten drei weitere Gestalten über die wispernde Mondlichtwiese.

Aber noch jemand war in dieser Nacht unterwegs, und das war weder Mareike noch Sebastian. Nein, das war jemand, der eigentlich zu alt für diese Art Abenteuer war. Doch das Gefühl einer drohenden Gefahr hatte sich nicht vertreiben lassen, er musste wissen, ob es nur die Wildschweine waren, die nachts durch seinen verbotenen Wald stampften.

Oder Menschen.

Oder gar … ein ganz bestimmter Mensch! Auch wenn es allem Anschein nach endlich gelungen war, ihn zu vertreiben. Aber dieser besondere Mensch hielt sich ja an kein Verbot.

Kurz hatte er überlegt, ob er die Flinte mitnehmen sollte, aber seine Augen waren nicht mehr so gut wie seine Ohren. Nicht auszudenken, wenn er den Falschen erwischte. Diesen einen aber, sollte er sich dort herumtreiben … die Finger des Grafen krampften sich um den Hausschlüssel in seiner Jacketttasche.

Der Graf schlich nicht durch die nachtfeuchten Gräser der Burggrabenwiese, er nahm einen anderen Weg, einen, den niemand außer ihm kannte. Er war nicht mehr jung; er musste von Zeit zu Zeit stehen bleiben, um seinen Atem zu beruhigen und zu warten, ob die Nacht ihm ungewöhnliche Geräusche zutrug. Und schließlich blies ihm der milde Wind tatsächlich Verdächtiges in seine scharfen Ohren: Knacken, Rascheln, Flüstern. Gar nicht weit entfernt. An der Grenze seines Landes, ganz in der Nähe des Zaunes, den er extra gezogen hatte, um die Leute fernzuhalten, damals, als er begonnen hatte, einen Teil der Burg zu vermieten.

Wieder schoss sein Blutdruck hoch, sein altes Herz schlug hörbar. Waren die Eindringlinge etwa schon auf seinem Gebiet? Wagten sie es gar, unter seinem Stacheldraht hindurchzukriechen? Er schritt schneller aus. Zum Glück musste er nicht noch weiter aufsteigen – der Pfad verlief jetzt parallel zum Berg durch den Wald. Das alte Jagdfeuer glühte in seinen Adern. Sein Blut kochte, immer schneller lief er, immer schneller. Er achtete kaum auf den Weg.

„Da vorn ist ein Stacheldrahtzaun“, flüsterte Krissie.

„Na klar, der lässt doch nicht jeden auf sein Gebiet“, flüsterte Mick zurück. „Der macht das richtig, der alte Hund. Wenn ich so eine Burg hätte, da würde ich niemanden reinlassen. *Ich* hätte Hunde, so richtig scharfe. Und Stacheldraht überall.“

„Vielleicht hat er einfach nicht genug Geld“, schlug Katti vor. „Also für Hunde und mehr Stacheldraht.“

Mick zuckte nur mit den Schultern. „Versager“, murmelte er.

„Und wo sind die anderen denn jetzt hin?“, flüsterte Krissie.

Mick sah sich um. „Wahrscheinlich da hinauf, am Zaun entlang!“

„Meinst du echt? Ist das da nicht schon der verbotene Berg?“

Mick nickte und erntete zwei bewundernde Mädchenblicke. „Los!“, flüsterte er. „Wir finden die!“

„Schaut mal“, zischte Katti wenig später aufgeregt. „Da oben hängt was Weißes am Zaun!“

„Was denn?“

„Keine Ahnung, lass uns mal nachsehen!“

Es handelte sich um ein Taschentuch. Triumphierend pflückte Katti es ab und schwenkte es in der Dunkelheit.

Mick spähte auf die andere Seite. „Da ist eine Fußspur“, flüsterte er. „Los, Männer, hinüber!“

Aber es war Krissie, die sich als Erste unter dem Draht hindurchschob, ohne darin hängen zu bleiben. „Ich hab es geschafft!“, sagte sie triumphierend.

Und es war auch Krissie, die auf der anderen Seite auf das Entsetzliche traf. Ihre Augen wurden groß und rund – nein, das war einfach nicht möglich, das konnte sie nicht glauben!

Da! Am Zaun! Tatsächlich Eindringlinge – er hatte also recht gehabt! Es waren Jugendliche von der Theaterfreizeit, und dieses blonde Mädchen, deren Namen ihm in der Wut nicht einfiel – sie befand sich eindeutig auf seinem Gebiet! Wie konnten sie es wagen? Sie würden etwas erleben! Seine Brust schmerzte wie seine Knie, dennoch – er zwang seine alten Beine vorwärts. Schnell, schnell, damit er sie noch erwischte!

Aber was machte sie dort? Warum hob die Blonde jetzt abwehrend die Hände zum Himmel? Warum schrie sie so laut?

Und was schrie sie da?

Als er so weit herangekommen war, dass er ihre Gesichtszüge erkennen konnte, kreuzten sich für einen kurzen Moment ihre Blicke – der Graf las die Panik in den Augen des Mädchens. Und er begriff: Die Angst galt nicht ihm, sondern etwas anderem, Grausigem, für ihn Unsichtbarem.

Dennoch hinkte er weiter. Durch das Rauschen des Blutes in seinen Ohren und das Hämmern seines Herzens hörte er Krissies verzweifelten Schrei: „Rennt, rennt!"

„Halt!", brüllte er.

Wütend sah der alte Mann sein Wild entschwinden. Er bot all seine körperlichen Kräfte auf, um es noch zu erreichen, aber das Mädchen hatte sich schon unter dem Stacheldraht durchgerollt. Im Wald knackte und krachte es, als ob ein paar Wildschweine den Berg hinuntergaloppierten, und es sauste, oh, wie es sauste …

Nun war das Mädchen fort. Der Graf blieb keuchend stehen. Doch es sauste immer noch, es rauschte in der Luft und jemand schrie … *etwas* schrie …

Und plötzlich, ganz plötzlich erkannte der alte Jäger den Schrei. Eiskalt stieg es ihm ins Herz hinauf. Wie lange hatte der Habichtskauz hier nicht mehr genistet, so selten in diesen Breitengraden! Nun war er zurückgekehrt.

Der Graf drehte sich um und hinkte, rutschte, stolperte, rannte – er rannte um sein Leben.

Im Eiskeller aber zündete Merle gerade die letzte Kerze an, während Jannis Felix half, seine Kostümhosen zuzuknöpfen.

„Was hast du eigentlich heute Nachmittag mit dem Grafen besprochen?“, fragte Merle Wladimir, den Blick auf die Kerzen gerichtet.

„Mit dem Grafen?“

„Ja, klar. Ihr habt doch zusammen auf dem Parkplatz gestanden und euch irgendwas erzählt.“

„Hast du uns gesehen, oder was?“

„Nein. Gerochen“, antwortete Merle ärgerlich. „Habt ihr irgendwas Wichtiges besprochen?“

„Ich habe … ich habe ihn noch einmal nach dem Bild gefragt“, sagte Wladimir widerstrebend. „Weil es … dir doch so wichtig war.“

Merle sah ihn an. In seinen dunklen Augen spiegelten sich die Flammen. „Echt? Und?“

„Er hat gesagt, dass er ungern darüber spricht. Denn das Schicksal der jungen Frau sei so traurig gewesen. Die Hexe aus dem Wald, aus dem Museum, du erinnerst dich doch?“

Merle nickte.

„Die Kinder, die die Hexe entführt hat, waren die Kinder der Frau. Niemand hat sie je wiedergesehen.“

„Sie hat ihr Blut getrunken und so das ewige Leben bekommen“, flüsterte Merle, und das Gefühl, zwischen zwei Welten zu schweben, kam aus seinem Versteck gekrochen. Schnell schüttelte sie den Kopf. „So ein Schwachsinn! Es gibt überhaupt keine Hexen! Es hat auch nie welche gegeben. Meine … meine Mutter hat gesagt, es sind oft Heilerinnen gewesen.“

Wladimir zuckte die Schultern. „Natürlich gibt es keine. Aber er hat nur die Augenbrauen hochgezogen, als ich das gesagt habe. Und er meinte, man wüsste nie. Nicht einmal, ob die Hexe noch irgendwo tief im Wald leben würde. Danach hat er übrigens gefragt, ob wir uns auf dem verbotenen Teil des Berges herumtreiben würden.“

„Und, was hast du geantwortet?“, fragte Jannis mit blassen Lippen.

Wladimir antwortete: „Ich sagte, dass wir so etwas natürlich niemals tun würden. Wir seien doch keine Verbrecher."

„Das ist auch bloß ein bisschen Hausfriedensbruch", meinte Jannis schuldbewusst.

„Der ist doch einfach … total seltsam", brach es aus Merle heraus. „Mir wird so kalt, wenn er in der Nähe ist. Und dann diese gruselige Flöte. Und … und wenn er Mitleid mit der Frau auf dem Bild hat, weil sie so ein trauriges Schicksal hatte, warum hat er sie dann erstochen? Sagt doch mal!" Sie sah die anderen eindringlich an.

Jannis zwinkerte nervös. „Eigentlich kann man ein Bild gar nicht erstechen", wandte er ein.

„Dieses doch!", beharrte Merle. „Außerdem glaube ich, dass er irgendwas mit Friedrich Schillers Verschwinden zu tun hat. Der spioniert! Der hat was über Friedrich herausgefunden und ihn erpresst. Oder so."

„Wie kommst du denn darauf?"

„Ich weiß nicht. Aber als Friedrich gerade erst verschwunden war, schlich der Graf da schon herum."

„Pfff. Er kann ja wohl in seinem eigenen Dorf herumlaufen", widersprach Jannis und Merle warf ihm einen düsteren Blick zu.

„Wehe, wenn er *uns* nachspioniert!", murmelte Wladimir. Sein Tonfall ließ Merles Hände feucht werden. Als ob etwas … Schwarzes in ihm lauerte, das nur von Zeit zu Zeit hervorblitzte.

Aber es konnte doch nicht sein, dass Wladimir der Elsternmensch war! Er war doch nur ein bisschen älter als sie, bloß ein Junge!

Und wenn doch?, zitterte es in Merle. Was dann?

Felix sprang auf. In seinen Augen spiegelte sich der Kerzenschein. Begeistert schrie er: „Können wir nicht doch eine Grafenfalle bauen? Biiiiitteeeee!"

„Und womit willst du die buddeln? Mit einem Nachtischlöffel?" Jannis fing an zu lachen. Er lachte und lachte und konnte gar nicht wieder aufhören. Und da fielen Merle und Wladimir ein und für diesen Moment lösten sich alle Unheimlichkeiten auf wie Frühnebel in der Vormittagssonne.

Erleichtert machte Merle ein paar Tanzschritte. Sie schaute in die Kerzenflammen und lächelte. „Lasset das Stück also beginnen! Den Vorhang ziehet auf!", flüsterte sie.

„Hä?", machte Felix.

Jetzt grinste Merle. „Ich meinte nur, wir sollten jetzt endlich anfangen zu proben!"

18. Kapitel

„Das ist des Pudels Kern!“

Die Vorübergehenden schauten sich verwundert nach dem großen alten Mann mit dem weißen Bart um, der ein wenig aussah wie Professor Dumbledore und ganz ähnlich schimpfte. Laut. Mitten auf der Straße, in einer großen Stadt.

Noch dazu trug er einen Käfig in der Hand, in dem ein weißer Vogel saß, der unentwegt klingelte.

„Ich habe es dir gesagt, Ringelnatz! Ich wusste es! Jetzt haben wir ihn vielleicht!“ Und er streckte die Faust gen Himmel.

Der Vogel hupte. Was eine ganze Reihe Passanten dazu brachte, erschrocken zur Seite zu springen.

„Jetzt müssen wir es nur noch bestätigen!“, erzählte der Mann allen, die es wissen oder nicht wissen wollten. „Ringelnatz – wir stehen kurz vor der Auflösung!“

„DU WIRST ALT!“, sagte der Vogel.

„Nicht vor *unserer* Auflösung!“, gab Friedrich Schiller zurück, denn niemand anderes war der Alte mit dem weißen Bart. „Sondern vor der eines großen Rätsels, das mich lange beschäftigt hat."

„WO WARST DU? WO? WO?"

„Überall", seufzte der Alte. Er stellte sich an den Straßenrand und winkte hektisch auf und ab. Schließlich hielt ein unerschrockener Taxifahrer und Friedrich faltete sich unter Stöhnen in den Wagen hinein. Er nannte dem Fahrer eine Adresse und setzte den Käfig neben sich auf den Rücksitz.

„ÜBERFALL! DIES IST EIN ÜBERFALL! HANDS UP!", kreischte Ringelnatz.

Der Fahrer riss beide Hände vom Steuer und das Taxi fuhr gegen eine Straßenlaterne.

Sie saßen eng aneinandergekuschelt auf einem Strohsack, in mehrere Pferdedecken gehüllt. Der Mond schien durch das Fenster herein, und Merle hatte weder irgendeine Ahnung, wo Felix und sie sich befanden, noch seit wann.

Eine kleine Kammer, die Wände aus dicken Bohlen geformt. An einer Seite eine Tür, ebenfalls aus dicken Brettern und sehr solide gebaut. Es roch nach frischem Stroh und Heu und von draußen kam nicht nur das Mondlicht, sondern eine seltsame Helligkeit, die Merle sich nicht erklären konnte.

„Hast du auch solchen Hunger?", flüsterte Felix.

Merle nickte. Hunger und Kopfschmerzen. Sie sah sich um. Nirgendwo etwas zu essen, nur ein Krug mit Wasser stand auf dem Boden, auf der Oberfläche hatte sich eine dünne Eisschicht gebildet.

Sie schälte sich aus den kratzigen Decken. Huh, der Boden war kalt! Neben dem Strohsack stand ein Paar Holzschuhe und Merle schlüpfte zögernd hinein – bisher hatte sie nur Schuhe aus Leder getragen. Sie trat an die Tür und rüttelte an der Klinke.

Abgeschlossen.

Merle trat ans Fenster und erkannte, woher das sanfte Schimmern kam: Schnee lag dick und weich auf den Wiesen, auf dem Weidenzaun und den Bäumen. Er funkelte und leuchtete im Mondlicht.

Merle seufzte. Wie schön!

Nur: Wo waren sie? Merle hauchte ein Loch in die Eisblumen. Aber auch dann konnte sie nicht mehr erkennen. Es rumpelte unter ihnen und Merle machte vor Schreck einen Satz. „Was war denn das?“

Die Antwort kam prompt: ein Muhen, ein, zwei, drei Mal.

Felix grinste. Er rutschte vom Strohsack herunter und versuchte, durch die Ritzen zwischen den Bodenbrettern zu spähen.

„Kühe halt“, sagte Merle und zuckte mit den Schultern.

Aber Felix hob den Kopf und starrte sie an. „Nein“, flüsterte er.

Merle sah ihn streng an. „Welch Lügerei, mein Bruder", sagte sie tadelnd. „So machen wohl nur Kühe. Noch nie hört' ich 'ne Ziege muhen."

„Nein, keine Ziege", antwortete Felix. „Wohl aber einen Stier."

„Was sagst du da?"

Merle legte sich neben ihren kleinen Bruder auf den Boden. Dort war ein Astloch, und auch wenn es recht dunkel war unter ihnen, konnte Merle ihn doch hervorragend erkennen. Es war ein wahrlich riesiger Stier. Im Mondlicht konnte sie die Muskeln unter seinem weißen Fell spielen sehen.

Sie setzte sich auf und Felix und sie sahen einander an.

„Komm her, damit du nicht erfrierest", flüsterte Merle, zog ihren Bruder wieder auf den Strohsack und wickelte sie beide in die Decken. „Papa wird wohl bald kommen und ich, ich werd dich hüten." Unhörbar für Felix murmelte sie: „Und wenn's das Letzte ist, das mir zu tun gelingt …"

In vollem Galopp jagte Jannis unterdessen auf seinem Schimmel den Weg entlang. Der Winter war eingezogen mit klirrender Kälte, Schnee war gefallen, und er musste aufpassen, dass sein Pferd nicht ausrutschte und stürzte.

„Die Geschäfte, die Geschäfte – wie lang hat es sich hingezogen", sagte er zu sich. Oder zu dem Pferd, aber das schien ihm nicht zuzuhören. „Das Geld bringt doch mehr Leut um als eine Keule, wie die Russen sagen." Er

seufzte. „Die Kinder, ach, wie lang musst' ich sie missen. Und nun erreicht mich Kundschaft … Der Bruder hat ein Kleines, einen Sohn." Er stockte und ein Stöhnen entrang sich seiner Brust. „Es ist nicht recht, vom eignen Bruder Böses zu denken, doch weiß ich nicht …" Er sah hinab auf sein schwitzendes Pferd. „Es ist nun nicht mehr weit", sagte er, als er den Waldrand erreichte. „Wie freu ich mich auf meine Kinder! Doch … was ist das? Ein Reiter noch, zu dieser Zeit?", fragte er verdutzt.

Als der andere ihn erblickte, sprengte er heran, gefolgt von einem schwarz-weiß gefleckten Jagdhund. Wenig später parierte er direkt vor Jannis sein nachtschwarzes Pferd durch.

Wladimir sprang ab.

„Gut, dass ich dich hier treffe, Bruder!", rief er atemlos. „Die Kinder, deine Kinder – fort! Sie sind verschwunden. Am Sonntag, vor zwei Tagen, tief in der Nacht …"

Schluchzend brach er zusammen, während Jannis ihn anstarrte wie versteinert. „Die Kinder, meine Liebsten …", brachte er nur heraus.

„Wir suchten sie im ganzen Ort, im Wald, ach, überall!", stieß Wladimir hervor. „Jedoch – wir fanden keine Spur … Vielleicht hat die Hexe sie geholt …" Er hob die Hände.

„Die Hexe?", fragte Jannis tonlos zurück. „Nein, das glaub ich nicht. Die Hexe, hab ich sagen hören, hilft den Menschen …"

Wladimir lachte trocken auf. „Ja, was die Leut so reden!"

„Komm, Bruder, komm!", rief Jannis voller Schmerz. „Gib noch nicht auf, lass uns die Kinder finden! Ob nah, ob fern, wir suchen überall!"

Schon trieb er sein Pferd an und der Schimmel trabte gehorsam los. Wladimir folgte. Doch waren sie kaum einige Meter über die Felder geritten, als der Jagdhund wild anschlug. Jannis sah Wladimir fragend an.

„Er riecht den Stier, das groß gefährlich Tier – ich hab es hier im Stall", erklärte Wladimir.

„Da hast du wohlgetan", sagte Jannis und ließ sein Pferd angaloppieren. „Mich drückt die Sorge, Bruder. Es ist so kalt!"

Wladimir nickte seinem Bruder zu, doch als Jannis sich umwandte, umspielte ein feines Lächeln seine Mundwinkel …

„Wir müssen uns beeilen, Ringelnatz, hörst du? Wir dürfen nicht zu spät kommen. Er ist ein Jäger, ein Spurensucher … wer weiß, wann er es herausfindet."

Der Nymphensittich machte das Motorengeräusch eines Reisebusses nach.

„Schlechte Idee", sagte Friedrich. „In Bussen wird mir übel." Er stopfte mit rotem Kopf Kleidung, Zahnbürste und Seife in seinen Wanderrucksack, während von draußen die Geräusche der Stadt hereinwehten. Im Hintergrund flimmerte ein Naturfilm über einen Flachbildschirm und genau in diesem Moment lief ein Vulkan über. „Nein, Ringelnatz, untersteh dich, einen Vulkanausbruch nachzumachen!" Friedrich hechtete zum Fernseher und schaltete ihn aus. Er ließ sich auf das Hotelbett fallen. „Wenn der Alte nicht so verdammt stur wäre …" Er stützte den Kopf in seine Hände. „Er verwandelt sich jeden Tag mehr in seine Mutter." Friedrich warf dem Vogel einen Blick zu. „Die kannst du zum Glück nicht nachmachen, das war vor deiner Zeit, Ringelnatz."

Der Sittich legte den Kopf schief und kreischte wie ein bremsender Zug. Friedrich hielt sich die Ohren zu. „Gut getroffen, Ringelnatz." Dann seufzte er. „Wir waren einmal gute Freunde. Als Kinder, weißt du?" Er fuhr sich durch seinen dichten weißen Bart. „Seine Mutter war dagegen. Der feine kleine Graf durfte nicht mit den Schmuddelkindern spielen … Dabei war er viel lieber bei uns als bei sich zu Hause auf der Burg. Wir sind angeln gegangen im Fluss und haben Erwachsenenfallen gebaut und Pfeil und Bogen und Schwerter geschnitzt für unsere Ritterspiele …"

Der Nymphensittich schwieg. Aber kaum beugte Friedrich sich wieder über seinen Rucksack, um seinen Ausweis zu suchen: „HÄNDE HOCH! HANDS UP! DIES IST EIN ÜBERFALL!"

Friedrich warf dem Vogel einen drohenden Blick zu.

Der Sittich ahmte das Geräusch eines fahrenden Zuges nach.

„Du sagst es!" Der alte Mann schulterte seinen Rucksack und hob den Käfig hoch. Wenig später zog er die Tür hinter sich zu.

„Es ist der Vater! Oh, Papa, wir sind hier!" Sie klebten an der Fensterscheibe, voller Glück. Felix hämmerte mit voller Macht dagegen, doch der Hund da draußen bellte ohrenbetäubend laut.

„Er hört uns nicht", seufzte Merle. Aber dann strahlte sie. „Jetzt wird alles gut! Papa ist wieder da!"

Sie tanzte durch den winzigen Raum und sang ein Frühlingslied. Als sie Felix' Miene sah, hielt sie inne. „Was ist, mein Bruder, freust du dich denn nicht?" Sie beugte sich zu ihm hinunter.

Eine Träne lief über Felix' Gesicht. „Ich weiß nicht, mir ist so komisch", murmelte er.

„Ach, was!" Merle richtete sich auf und gab ihm einen Puff. „Nur Mut, der Vater wird uns finden!"

Felix saß auf dem Boden und trommelte mit den Fersen auf die Erde. „Ich will aber nicht! Ich WILL nicht weiterspielen. Das ist unheimlich!"

„Mann, Felix, wir müssen doch nur noch ein paar Szenen proben“, versuchte Merle, ihn zu überreden.

„Ich WILL aber nicht! Ihr seid so komisch, wenn ihr die Kostüme anhabt!“

„Ja, klar! Wir spielen doch ein Theaterstück. Und wir wollen doch gegen die doofen Schickimickis gewinnen.“

„Das ist mir EGAL!“

Mitten in der Szene hatte Felix sich plötzlich sein Wams über- und seine Hose abgestreift und hatte angefangen, sein altes Ritter-und-Drachen-Spiel mit den Steinchen zu spielen.

Und im selben Moment waren der Stall, der Stier, der Onkel und alles in ihrer Fantasie verblasst und sie hatten wieder im Eiskeller gestanden. Aber Merle war, als hörte sie immer noch den Hund bellen, und sie hatte den Heugeruch noch in der Nase.

„Wir müssen für heute Schluss machen, denke ich“, sagte sie zu den anderen. „Obwohl wir ja auch nicht mehr sooo viel Zeit haben.“

Jannis zuckte mit den Schultern. Wladimir aber schien das feine Lächeln aus dem Stück mit in den Eiskeller genommen zu haben. Merle sah schnell weg. *Diese* Sorte Lächeln machte sie fertig. Es war einfach … böse.

„Ja, die Schickimickis hatten eben doch recht. Ist echt blöd mit dem Kleinen!“ Jetzt grinste Wladimir tatsächlich offen.

Merle wurde wütend. Ein schon vertrautes und gleichzeitig verhasstes Gefühl schlich sich in ihr Herz, eine frostige Kälte, und Merle biss die Zähne zusammen. Nein, sie wollte das nicht! Sie mochte Wladimir so gern, eigentlich … aber er war im Moment einfach wie verhext!

„Hör bloß auf!", schrie sie ihn an.

Und noch jemand anderes brüllte plötzlich los: „Wag es nicht, dich an dem Kleinen zu vergreifen!" Merle schrak zusammen. Tief klang Jannis' Stimme durch den uralten Raum, aufrecht und stolz stand er da und selbst Wladimir hörte auf mit dem blöden Gegrinse.

„Jetzt ist Schluss! Es reicht! Wir gehen zurück!" Merle stampfte mit dem Fuß auf. „Los, zieht eure Kostüme aus!"

Und tatsächlich: Die Jungen gehorchten. Sogar Felix.

Merle riss die schwere Tür auf und kühle Luft und das Geräusch eines fernen Flugzeugs drangen in die Höhle. Irgendwo tief im Tal bellte ein Hund und Merle schauderte bei der Erinnerung an den gefleckten Hund des Onkels.

Auf dem Rückweg kam ihr alles viel unheimlicher vor als sonst. Der Felsen dort, war das wirklich nur ein Felsen? Oder doch ein altes, verhutzeltes Weibchen mit einem dunklen Wolltuch um den Kopf? Eine Sekunde meinte Merle, Augen zu sehen. Ungewöhnlich helle, scharfe Augen, die ihr folgten. Ihre Knie wurden weich.

„Manch Trugbild gaukelt durch die Nacht …“, flüsterte Jannis dicht hinter ihr.

Merle wandte den Kopf und zischte: „Hör endlich auf, so zu reden! Für heute reicht es mit dem Stück!“

Wladimir aber schwieg. Sie verabschiedeten sich nicht mal am Fuß der Treppe, still verschwand er im Jungengang und stumm und nachdenklich stieg Merle die Stufen zum Mädchenzimmer hinauf.

Ihr war immer noch kalt.

Die Hügel lagen in tiefer Dunkelheit, doch der Morgen war nicht mehr weit. Hinter einer alten Eichentür herrschte ein geisterhaftes Zwielicht. Dort lagen einige Kleider am Boden – prächtige Kleider wie aus einer anderen Zeit. Von ihnen schien das Licht auszugehen, eine graue Dämmerung, wie zwischen die Fäden gewoben, nicht zu fassen und doch ganz allmählich immer heller werdend, als ob etwas erwache.

Draußen piepste jetzt ein Vogel, zögernd noch, ein zweiter setzte ein und am Horizont jenseits der Hügel erschien das allererste Morgenlicht.

Im Eiskeller jedoch, hinter der alten Eichentür, war das Licht wieder erloschen.

19. Kapitel

„Können wir in die Stadt gehen? Eis essen?"

Die Sonne fiel durch die staubigen Scheiben eines ausrangierten Supermarktes, in dem eine Wohltätigkeitsorganisation eine Kleidersammlung eingerichtet hatte. Nach dem Mittagessen waren sie zwecks Kostümsuche in Sebastians altem VW-Bus losgetourt, und als sie nach vielen Serpentinen im Tal angekommen waren, hatte Felix sich als Erstes in einen Rhododendronbusch übergeben.

„Wollt ihr euch denn überhaupt nichts aussuchen? Gar keine Kostüme?", fragte Mareike enttäuscht.

„Nö", sagte Jannis, „wir spielen ein Real-Life-Stück."

Wenig später liefen sie durch die sonnigen Straßen. Auch hier: Fachwerkhäuser überall, in viele waren hässliche Schaufenster hineingebrochen. Das alte Kopfsteinpflaster war verschwunden, dafür besaß das Städtchen noch einen Marktplatz mit einem alten Brunnen, aus dem es kühl rieselte und nach Chlor roch.

Die Jungen kauften sich eine Jumbotüte Paprikachips; sie schlenderten an einem Geschäft mit Kühlschränken und Waschmaschinen vorbei und dann blieb Merle plötzlich stehen. „Schaut mal da!“, rief sie.

Die Jungen kamen näher, auch Felix, der sich grundsätzlich dort aufhielt, wo die Chipstüte sich hinbewegte. Was sehr praktisch war.

„Was ist denn da?“ Wladimir stellte sich neben Merle. Erleichtert spürte sie die Wärme, die von ihm ausging – nichts war heute übrig von seinem fremden Verhalten, das sie so erschreckte. Sie zeigte auf die Auslage einer Buchhandlung.

„Gesmaehet unde gezieret“, las Jannis vor. „Hey, ist das nicht der Spruch des Elsternmenschen?“

Wladimir nickte mit dem Kinn zu ein paar anderen Büchern hinüber. „Das Elsterngleichnis. Steht da. Die feiern hier den Dichter, das ist wohl von … warte … Wolfram von Eschenbach.“

Schon stand Jannis vor der Tür der Buchhandlung. Aber da blieb er auch stehen.

„Som-mer-pau-se“, buchstabierte Felix.

„Shit! Vielleicht gibt es hier noch eine andere Buchhandlung?“

An der Kopfseite des Marktplatzes erhob sich ein neues, modernes Gebäude aus Beton, davor war ein Schild aus Edelstahl auf zwei Pfeilern in den Boden eingelassen. „Rathaus“ stand darauf, „Volkshochschule“ und „Stadtbibliothek“.

„Gehen wir da jetzt rein, oder was?“, fragte Wladimir. Aber Merle stürmte schon die Treppe hinauf.

Die Bibliothekarin war mittelalt, hatte feuerrot gefärbte Haare, eine dicke Kette aus bunten Tonperlen um den Hals und vorstehende Schneidezähne. „Was sucht ihr?“, fragte sie. „Habt ihr eine Nummer?“

„Was für eine Nummer?“, fragte Jannis.

„Bist du noch nie in einer Bibliothek gewesen?“, fragte die Frau spitz. Jannis verzog das Gesicht. „Dann wird es ja mal Zeit!“ Die Rothaarige nickte ihm zu.

„Wir suchen etwas über das Elstern… äh …“, fing Merle an.

„…gleichnis. Wolfram von Eschenbach“, ergänzte die Frau. „Parzival. Ich sehe mal in unserer Mittelalterabteilung nach.“

„Die Bücher haben doch alle Nummern auf dem Buchrücken“, flüsterte Merle Jannis zu. Sie sah sich nach Felix um und entdeckte ihn neben einer großen roten Holzkiste mit Comics, „Tim und Struppi“ auf den Knien.

Da kam die Bibliothekarin schon zurück, setzte sich an ihren Schreibtisch und gab etwas in den Computer ein.

„Ausgeliehen!“, sagte sie dann triumphierend. Sie blickte auf. „Es ist in drei Wochen wieder im Bestand – vorausgesetzt, es kommt rechtzeitig zurück.“

Jannis verzog das Gesicht. „Drei Wochen? Das ist viel zu spät!“

Die Frau hob die Augenbrauen. „Ja, dann …"

„In drei Wochen sind *wir* schon lange nicht mehr im Bestand", erklärte ihr Merle. „Total schade."

„Wieso interessiert ihr euch denn für so ein altes Buch?", fragte die Bibliotheksfrau.

„Wir suchen eigentlich nur etwas über den Spruch, der auf der Burg Hohenhartt steht. Da sind wir gerade. Theaterferiencamp", erklärte Jannis.

„Ach, die Burg Hohenhartt", sagte die Bibliotheksfrau langsam.

„Wir üben an einem ganz geheimen Ort, sooooo geheim …", krähte plötzlich Felix dazwischen, der von „Tim und Struppi" zu „Donald Duck" gewechselt hatte und jetzt ausgiebig gähnte. Merle warf ihrem kleinen Bruder einen scharfen Blick zu und legte unauffällig den Zeigefinger auf die Lippen. „Ich muss mal!", stellte Felix fest und Merle stöhnte.

„Die Toilette ist dahinten, hinter der Glastür", sagte die Frau und zeigte einen Gang voller Regale entlang.

Felix sprang auf und war verschwunden, bevor Merle fragen konnte, ob er das allein hinkriegte.

Sie drehte sich wieder zu der Bücherfrau um. „Kennen Sie die Burg denn?", fragte sie.

„Die kennt jeder hier in der Gegend", sagte die Bibliothekarin achselzuckend. „Graf von Hohenhartt spendet immer für die Bücherei."

„Kennen Sie auch das Lied?", fragte Merle mit neuer Hoffnung. „Das von hier?"

Die Rothaarige lächelte. „Das musst du mir schon etwas genauer beschreiben. Ich kenne viele Lieder."

Merle wurde rot. „Das gibt es nur in dieser Gegend und keiner erinnert sich mehr an die Worte …" Sie brach ab. Wie sollte sie ein Lied beschreiben, wenn sie noch nicht einmal wusste, wovon es handelte?

„Es gab da mal was …", sagte die Frau und tippte sich mit dem Zeigefinger an die Unterlippe. „Angeblich eine alte Weissagung. Meine Großmutter hat mir davon erzählt …" Sie runzelte die Stirn und Merle hielt den Atem an. Moment, das Lied war eine alte *Weissagung*? Also etwas, das in der Zukunft passieren würde? Wie cool wäre das denn …

„Nein, ich erinnere mich nicht", sagte die Bibliothekarin, und als Merle in sich zusammensackte, fügte sie tröstend hinzu: „Das ist einfach zu lange her. Vielleicht findet ihr ja einen Hinweis in unserer Heimatabteilung."

Es ist doch seltsam, wie sehr immer genau das fehlt, was man gerade am dringendsten braucht, dachte Merle. Turnbeutel, Geodreiecke, Bücher, Texte von Liedern …

Während Jannis und sie sich in die Bücher der Heimatabteilung vergruben, blätterte Wladimir lustlos durch die Noten in der Musikabteilung.

„Moment", sagte Jannis. „Hier ist etwas über das Elsterngleichnis." Er hob den Kopf. „Schau mal, in einem Reiseführer. Ist praktisch nichts über die Burg

Hohenhartt drin, nur, dass im Torbogen das Elsterngleichnis steht. Und – Überraschung: die Übersetzung! Hör mal: Schande und Schmuck zugleich ist es, wenn die Gesinnung eines Menschen sich verhält wie die Farben der Elstern."

„Aha."

„Ja."

„Oh Mann, das ist ja wie in der Schule", stöhnte Merle. „Sollen wir das jetzt interpretieren, oder was?"

Jannis sah sie an mit seinen großen Brillenaugen. „Vor allem: Warum stand das auf dem Kassenbon?"

„Gute Frage. Nächste Frage."

„Müssen wir nicht langsam gehen?", rief Wladimir halblaut.

Merle schaute zur Comicabteilung herüber. Felix saß wieder auf dem kleinen roten Kinderstühlchen, das aussah, als würde es demnächst zusammenbrechen; aber er las nicht mehr, sondern schien zu lauschen. Oder vielleicht döste er auch einfach mit offenen Augen.

„Kommst du?", rief sie hinüber.

Felix nickte und stand auf, er tanzte die ganze Treppe hinunter, und als sie auf der Straße ankamen, hüpfte er über die Ritzen zwischen den Platten und summte dabei vor sich hin. Zu ihrer Verwunderung stellte Merle fest, dass sie die Melodie kannte. Das war doch …

„Hast du das gerade irgendwo gehört, Felix?"

Der nickte. „Auf dem Klo!“, sagte er.

„In der Bibliothek?“

Felix war zwar mit Hüpfen beschäftigt, aber Nicken konnte er trotzdem.

„Wartet“, flüsterte Merle, „vielleicht kennt der, der das da gesummt hat, ja den Text?“

„Und vielleicht sitzt der jetzt nicht mehr auf der Toilette, sondern irgendwo zwischen den Büchern?“, schlug Jannis vor.

Sie drehten gleichzeitig um und rannten zurück, während Wladimir und Felix ihnen verdutzt hinterhersahen.

Keine Minute später schüttelte die Bibliothekarin den Kopf. „Hier hat niemand gesummt“, stellte sie kategorisch fest.

„Auch nicht dieses Lied?“, fragte Merle und summte es ihr vor. So schief, wie Merle eben summen konnte.

Die Frau überlegte kurz. „Das klingt doch wie ‚Bruder Jakob‘.“

Merle grinste verlegen.

Als sie zum zweiten Mal die Treppe hinunterliefen, sagte sie entschuldigend zu Jannis: „Ich kann nicht summen, das ist genetisch.“

Kaum war die Tür hinter ihnen zugefallen, stieg jemand anderes die Stufen hinab, langsam und schwerfällig und tief in Gedanken.

An der Eingangstür zog er instinktiv den Kopf ein. Damit er nicht gegen den Querbalken stieß.

Als die Dunkelheit sich wieder einmal über das Land gesenkt hatte, begann das schon vertraute Prickeln. Die letzte Nacht, dachte Merle, als sie durch den ruhig atmenden Raum zur Tür schlich. Morgen würde alles vorüber sein. Eine warme Brise kam durch das Fenster und strich durch ihr Haar und Merle spürte, wie die Sehnsucht nach dem Theaterspielen sie überfiel. Sie lächelte. Die letzte Szene war gruselig gewesen, aber jetzt war der Vater der Kinder ja zurückgekehrt.

Barfuß, die Flipflops in der Hand, hüpfte sie die Treppe hinab. Nie würde sie die Zeit hier vergessen – und wenn sie alt werden würde wie eine Schildkröte. Nicht die Burg, nicht den Eiskeller, nicht den Grafen, nein, den wollte sie ganz bestimmt nicht mehr treffen, nie mehr! Aber vergessen würde sie ihn nicht.

Nicht den Weg nachts durch den Wald – noch drei Stufen. Nicht den Kauz und nicht ihr schimmerndes Kleid, wie aus Dämmerlicht gewebt.

Nicht Jannis – noch eine Stufe.

Nicht … Merle sah auf. Und da stand er, Wladimir, und schaute sie an.

„Hi“, murmelte er. Merles Herz klopfte. „Hast du … hast du auch ein bisschen Angst vor dem Stück?“ Wladimirs Augen ließen sie nicht los, er lächelte sein kleines, schiefes Lächeln. Und Merle wurde warm wie eine Luftmatratze in der Sonne.

„Nee“, sagte sie. „Jetzt ist das Ende doch klar, der Vater befreit die Kinder, der Onkel wird verjagt … oder sie vertragen sich“, fügte sie schnell hinzu. „Warum hast du denn Angst?“

„Keine Ahnung“, flüsterte er zurück und er sah so verloren aus.

Merle streckte ihre rechte Hand aus, ganz langsam legte Wladimir seine linke hinein.

„Wo sind die anderen?“

„Vorausgegangen.“

„Komm, bevor uns die Schickimickis doch noch hinterherspionieren.“

Als sie wenig später den Eiskeller betraten, schnupperte Merle. Ihr kam es so vor, als sei der eigentümliche Geruch des Raumes noch nie so deutlich gewesen. Aber ihr fiel nicht ein, woran er sie erinnerte.

Schweigend schlüpften sie in ihre Kostüme. Alle, bis auf Felix.

„Nei-en“, sagte er.

„Aber dann kannst du nicht mitspielen“, drohte Merle.

„Ich will gar nicht mehr mitspielen“, sagte Felix unbeeindruckt. „Ihr seid einfach nur blöd, wenn ihr die Kleider anhabt. Ich will viel lieber allein spielen.“

„Du *musst* aber mitspielen“, drängte Merle. „Heute kommt doch der Vater und rettet uns. Das geht nicht ohne dich.“

„Pfff“, machte Felix nur.

Überrascht merkte Merle, wie wütend sie wurde. „Jetzt stell dich nicht so an!“, schimpfte sie. „Zieh endlich dein Kostüm an!“

Aber Felix kümmerte sich nicht um sie. Stattdessen grub er seinen Drachen in die Erde hinein, als wäre er ein Maulwurf beim Gängegraben. „Ich will viel lieber da runter, wo die blöden Kleider waren, in die Höhle!“, murrte er. „Ich will doch Höhlenforscher werden, Merle, hast du das vergessen?“

Und der Zorn überwältigte Merle. Sie wusste gar nicht genau, was sie schrie, jedenfalls brüllte sie ihren kleinen Bruder so an, dass die dicke Eichentür wackelte. Felix blickte zu ihr hinauf, und als er ihr Gesicht sah, wurde er blass.

Stumm schlüpfte er in seine Hose, und stumm half Jannis ihm, den Knopf zu schließen. Merle wurde rot.

„Äh … sorry, Felix, ich wollte dich nicht so anschreien“, flüsterte sie. Keiner der drei Jungen sagte etwas, bis Merle Felix’ Hand nahm.

Augenblicklich standen sie in der Dunkelheit. Dieselbe Kammer, dasselbe Mondlicht. Merle drückte die Finger ihres Bruders. „Papa kommt gleich, du wirst es sehen“, flüsterte sie und lauschte.

Felix’ Hand war feucht und kalt und er sagte keinen Ton. Mit gesenktem Kopf stand er neben ihr.

Da! Gedämpfte Schritte im Schnee, ein Ast knackte. Der Stier hatte es auch gehört, unruhig scharrte er unten im Stroh und trat gegen die Wände.

Merle spähte mit fliegendem Atem aus dem Fenster – es musste der Vater sein! Doch die Eisblumen wuchsen zu dicht an der Scheibe. Sie legte Felix den Arm um die Schultern und fühlte, wie der ganze kleine Kerl zitterte.

Schwere Schritte auf der Treppe, jemand kam näher, blieb vor der Tür stehen. Merles Herz klopfte zum Zerspringen. Sie zog Felix an sich. Ein Schlüssel im Schloss, quietschend öffnete sich die Tür. Felix schrie auf.

Der dunkle Mann, den sie hassen gelernt hatten, griff nach dem Kleinen, und wie Felix sich auch wehrte und trat, er warf ihn sich über die Schulter.

Merle hängte sich an ihren Bruder, aber ein einziger Stoß schickte sie zurück auf den Strohsack. Der Mann hob den freien Arm, und instinktiv tat Merle dasselbe, um den Schlag abzuwehren. „Du bist nur ein Mädchen!", sagte der Onkel verächtlich. „Für dich find ich 'ne andere Lösung."

Schon knallte die Tür zu, der Schlüssel drehte sich im Schloss und auf der Treppe schrie Felix in den höchsten Tönen. Merle hörte, wie der Onkel ihn die Stufen hinuntertrug, wie Felix immer weiter schrie und wie die Schritte erst durch den Stall polterten und dann vom Schnee verschluckt wurden.

Sie stürzte ans Fenster, aber durch die Schicht aus Eisblumen konnte sie einfach nichts erkennen.

„Wohin will er ihn bringen?", flüsterte sie. „Was soll ich jetzt nur machen?" Sie rüttelte an der Tür, immer wieder, schluchzend, und dann – ganz plötzlich und viel schneller als sonst – verblasste der Schnee und wich die Kälte.

Merle stand im Eiskeller, als hätte die alte Geschichte sie einfach hinausgeworfen, wie ein Lehrer einen störenden Schüler aus dem Klassenraum; ihre Arme taten noch weh vom Rütteln. „Äh …", stotterte sie.

Blass sahen die anderen sie an. Wladimir kauerte auf dem Boden, er atmete schwer. Dann sprang er plötzlich auf und rannte aus der Tür. Sie hörten, wie er sich zwischen den Bäumen übergab.

„Mann", murmelte Jannis. Er schüttelte den Kopf. „Wie soll ich euch denn jetzt bloß retten?" Er hob den Blick und Merle sah die Verzweiflung darin. „Hätt' ich das Elend nur geahnt", klagte Jannis. „Hätt' ich gewusst, wie bös er ist, mein Bruder …" Er stützte den Kopf in die Hände.

„Er hat ihn entführt, mein Vater!", wimmerte Merle. „Ihr müsst etwas tun!"

„Hört sofort auf, so blöde und bescheuert zu reden!", schrie Felix dazwischen. „Ich bin überhaupt nicht entführt. Und Wladimir ist kein bisschen mein Onkel!" Sein Kostüm lag in einem Knäuel am Boden.

Als die Tür des Eiskellers sich wieder öffnete, zuckten Jannis und Merle zurück. Wladimir trat ein und plötzlich packte Merle die Wut. Dass er Felix wehtat, dass er echt versuchte, ihn zu entführen! „Was hast du mit Felix vor?“, zischte sie ihn an.

Wladimir hob die Arme, wie um sich zu entschuldigen; doch unvermittelt stahl sich wieder dieses Lächeln auf sein Gesicht, dieses böse, falsche.

Voller Hass funkelte Merle ihn an. „Los, kommt her, ich muss jetzt wissen, wie es weitergeht!“, befahl sie und Jannis ergriff sofort ihre Hand.

Wladimir aber zögerte. Als er endlich ihre Hand nahm, war seine eiskalt – Merle lief ein Schauder über den ganzen Körper.

Sie schloss die Augen. „Ich rüttele an der verdammten Tür …“, wisperte sie beschwörend und erwartete, im nächsten Moment von der Geschichte davongetragen zu werden. Doch es passierte: Nichts.

Einfach … gar nichts.

Jannis blinzelte in das Kerzenlicht. „Komisch“, sagte er enttäuscht.

Es war so einfach gewesen, all die Nächte, sie hatten sich nie absprechen müssen, wie es weitergehen sollte; die Geschichte hatte sie sofort mitgerissen. Wie früher in der Grundschule, wenn Merle und ihre beste Freundin mit ihren Plastikponys Wildpferde der Camargue gespielt hatten.

Mit Mühe überredeten sie den maulenden Felix,

sich das Kostüm wieder anzuziehen, gemeinsam probierten sie dieses und jenes, sie hielten sich alle an den Händen, sie liefen durch den Raum … Nix. Als ob jemand den Stecker aus der Geschichte gezogen hätte.

„Shit!“, fluchte Wladimir zuletzt und trat gegen den Felsen. „Das Stück kann doch nicht einfach so enden! Was passiert denn jetzt mit den Kindern? Was macht dieser … verdammte Onkel?“ Er schluckte und warf Merle einen verstohlenen Blick zu.

Merle warf den Blick zurück. „Jedenfalls könnte er aufhören, andere Leute auf Strohsäcke zu schubsen und ihnen zu erzählen, dass sie *nur* ein Mädchen sind.“

Wladimir wandte sich ab. „Ich … das bin ich nicht“, sagte er so leise, dass Merle es kaum verstand.

Entmutigt setzte sie sich auf den Boden. „Vielleicht sind wir einfach nur zu müde.“

„Und wenn wir es morgen noch mal probieren?“, schlug Jannis vor.

„Hallo? Morgen ist der Auftritt, schon vergessen?“

Jannis grinste. „Nee, nicht vergessen. Ich meine, wir könnten doch versuchen, auf der Bühne auch zu improvisieren. In *dem* Theater fällt uns bestimmt der Schluss ein.“

„Und wenn nicht?“, seufzte Merle.

„Dann …“, Wladimirs Wangen röteten sich, „dann lassen wir die Zuschauer das Ende bestimmen. Und wir spielen es!“

Es klang beinahe flehend, als wollte er nicht mehr

entscheiden müssen, was dieser Onkel sich noch alles Böses ausdachte.

Jannis hob den Daumen. „Hey, coole Idee!“

Merle nickte und schlüpfte aus ihrem Kostüm. „Bleibt uns ja sowieso nichts anderes übrig“, murrte sie. „Aber ich hoffe, dass unsere Fantasie morgen wieder heile ist.“

Jannis kam zu ihr herüber. „Okay. Dann lasst es uns noch mal so machen wie neulich, wie beim Fußball“, schlug er vor.

Sie bildeten einen Kreis. „Wir schaffen es, wir schaffen es, wir schaffen es … Ja!“, riefen sie und rissen die Arme hoch. Und doch – in Merles Herzen blieb ein banger Zweifel …

Bevor sie die Tür hinter sich zuzogen, die Kostüme gut verstaut in Jannis’ Rucksack, sagte Merle leise: „Verabschiedet euch vom Eiskeller! Wir werden nie wieder hierher zurückkommen.“

Aber da sollte sie sich täuschen …

„Nun ist es nicht mehr zu ändern, Meister …“
„Ja, nun geht es seinen Gang.“
„Dabei sind es doch Kinder!“
„Glaub mir, sie werden es schaffen.“
„Ich bin nicht so guter Hoffnung wie Ihr, Meister.“

In dieser Nacht, der letzten vor ihrem großen Auftritt, träumte Merle. Sie rannte und rannte durch den verschneiten Wald, er schien bis ans Ende der Welt zu gehen. Und plötzlich sah sie die Hexe. In tiefer Nacht stand sie am Ende des Weges und wartete auf Merle. Aber ihre Augen waren nicht hell und scharf wie die der Hexe aus dem Museum – sie waren warm und braun. Sie war jung und ihr Kleid schimmerte wie aus Sternenlicht gewoben.

Weit, weit breitete sie die Arme aus. Als ob sie Merle auffangen wollte. Und als Merle näher kam, erkannte sie, dass die Hexe ihr Theaterkostüm trug …

20. Kapitel

„Haben Sie Liederbücher hier? Möglichst mit Liedern aus der Gegend?"

Die Bibliothekarin sah den Mann auf der anderen Seite des Tresens mit hochgezogenen Augenbrauen an. Sie hatte ihn heute schon einmal im Treppenhaus getroffen, auf dem Weg zum Archiv. Er sah verschwitzt und ziemlich schmutzig aus, bis auf seinen erstaunlich weißen und erstaunlich langen Bart. „Tiere sind in der Bibliothek nicht erlaubt", sagte sie mit einem Blick auf den Käfig in seiner Hand.

„Auf dem Schild an der Tür unten ist nur ein durchgestrichener Hund, kein durchgestrichener Vogel", gab der Alte zurück.

Die Bibliothekarin überlegte. „Aber er muss den Schnabel halten!"

„Tut er immer. Er ist ein leiser Nymphensittich." Ringelnatz plinkerte mit den Augenlidern. „Haben Sie nun Liederbücher?"

„Mit Liedern hier aus der Gegend? Nein. Aber die

Mundorgel, das *Ukulele-Songbook* oder *Die schönsten Kinderlieder* haben wir da. Was suchen Sie denn?"

„Nun. Ein altes Lied aus der Gegend offensichtlich."

„Was haben die Leute bloß alle mit alten Liedern aus dieser Gegend?" Die Bibliothekarin seufzte. „Ich habe mir eine App besorgt", gab sie zu. „Die erkennt alle möglichen Melodien. Dazu müssten Sie allerdings in mein Handy singen."

Sie grub in ihrer Handtasche herum und hielt Friedrich ihr Smartphone vor die Nase. Friedrich wurde rot, er räusperte sich, und schließlich summte er, so gut er konnte, in das Handy hinein.

Die Frau starrte auf den Bildschirm. Sie schüttelte den Kopf. „Diese Melodie gibt es nicht", sagte sie entschieden.

„Es gibt mehr Ding' im Himmel und auf Erden, als Eure Schulweisheit sich träumt", murmelte Friedrich.

„Hamlet. Shakespeare", sagte die Bibliothekarin und lächelte zum ersten Mal. Friedrich lächelte zurück.

„DU WIRST ALT!"

Sie nickten beide, Friedrich und die Frau mit den rot gefärbten Haaren. Und der fiel gar nicht auf, dass hier jemand keineswegs den Schnabel hielt.

So viele Menschen waren gekommen, oh, so viele! Der ganze Zuschauerraum war voll – Alte und Junge, auch

Kinder waren darunter. Es war das erste Mal seit Jahren, dass der Graf Publikum in seinen Teil der Burg ließ und sein Theater öffnete. Sogar aus weiter entfernten Dörfern hatten sich die Leute wohl auf den Weg gemacht.

Merle stand hinter dem Vorhang. Sie strich über seinen dicken dunkelroten Samt, und es prickelte unter ihren Fingerspitzen, als sei der Stoff voller Leben. Wie viele Geschichten er wohl schon gesehen hatte?

Vorsichtig spähte sie in den Theatersaal – diese Höhle voller Träume. All die Menschen waren gekommen, um ihr Leben draußen eine Weile zu vergessen. Und vielleicht ein Stück Traum mit zurückzunehmen … Ein kleines Mädchen hatte eine so riesige rosa Schleife auf dem Kopf, dass es aussah, als sei die Kleine ein Anhängsel der Schleife; ein Junge hüpfte immer wieder die Stufen im Saal hinauf und hinunter, bis eine Frau mit langen grauen Haaren ihn einfing und mit ihm auf einen der Stühle plumpste.

Jetzt trat Mareike vor das Publikum. Sie trug ein bodenlanges, rötlich schimmerndes Kleid, hatte sich Smokey Eyes geschminkt und sah aus wie eine Eule, die jemand in ein Kupferrohr gestopft hatte. Sie klingelte mit einem Glöckchen und Merle hinter dem Vorhang lief ein Kribbeln durch den ganzen Körper.

„Meine Damen und Herren und liebe Kinder“, Mareike zwinkerte dem rosa Schleifenmädchen zu, „wir stellen Ihnen jetzt zwei total *selbst* ausgedachte Theaterstücke vor. Sie sind beide *großartig!* Ich hoffe, Sie klatschen wie *verrückt!* Kann ich mal hören, wie gut Sie klatschen können?“ Das Publikum tat ihr den Gefallen und klatschte wie verrückt und Mareike klimperte selig mit den Augenlidern. „Aber jetzt kommt das *Großartigste …*“ Wieder klingelte Mareike mit dem Glöckchen. „Sie, nur Sie, meine Damen und Herren, dürfen entscheiden, welches der beiden Stücke Ihnen besser gefallen hat. Und dann …“, sie blinzelte erwartungsvoll in den Zuschauerraum, „dann bekommt die bessere Truppe einen *fantastischen* Preis. Gesponsert von …“, und sie las den Namen der Bank vor.

Merle sah, wie Mick sich beim Gedanken an die Smartphones über die Lippen leckte.

„Und jetzt“, Mareike trat ein paar Schritte zurück, „Bühne frei für das erste Stück!“

Freundlicher Applaus, der Saal verdunkelte sich. Alle Gegenstände begannen, warm und festlich zu glimmen, und Merle knetete wieder einmal ihren Daumen. Ob ihnen tatsächlich an der richtigen Stelle ein gutes Ende einfallen würde?

Die anderen waren zuerst dran, und als Mick an Merle vorbei auf die Bühne marschierte, flüsterte sie ihm zu: „Wird cool!“ Mick drehte sich kurz zu ihr um und lächelte schief. Er schwitzte in seinem riesigen Männerhemd und unter der Cap mit der Baumarkt-Werbung. In diesem Moment war alle Konkurrenz und Feindschaft vergessen, denn ein geheimes Band schweißte sie zusammen: Lampenfieber.

Merle drückte beide Daumen, so fest sie nur konnte, für die anderen, für ihre eigene Truppe … für ein gutes Ende … Die Scheinwerfer auf der Bühne flammten auf, wieder klatschten ein paar Leute im Publikum. Schließlich wurde es still. Und dann hörte Merle Micks erste Worte: „Hey, ihr, die ihr da unten steht, wartet bloß, was hier jetzt gleich abgeht …" Ein heißes Zittern lief ihr das Rückgrat hinunter. Sie hörte Jannis leise durch die Zähne pfeifen. Jetzt war der Moment gekommen.

In einer dunklen Ecke hinter dem Vorhang, gut abgeschirmt von allen anderen, schlüpften sie in ihre Kostüme. Niemand hatte sie vor ihrem Auftritt sehen dürfen. Merle warf einen Blick auf die Sportschuhe an ihren Füßen, sie hoffte, dass kein Zuschauer sie unter dem langen Kleid bemerken würde.

Applaus brandete auf, Merle sah, wie Mick, Katti und Krissie sich mit roten Wangen verbeugten. Sebastian zog den Vorhang zu für eine kurze Pause und aus dem Zuschauerraum drang gedämpftes Gemurmel. Auf der Bühne klatschten die Schickimickipissikackis sich gegenseitig ab, Krissie und Katti hüpften vor Freude, dann verschwanden sie Richtung Zuschauerraum. Mick sah sich nach Merle um, doch sie drückte sich tief in die Falten des Vorhangs, und er sprang kopfschüttelnd von der Bühne herunter.

Und nun …

… waren sie dran.

Der Vorhang öffnete sich wieder, das Gemurmel verstummte, der Scheinwerferkegel wartete. Plötzlich wurde Merle ganz ruhig. Sie spürte etwas in ihrer Nähe, etwas Unsichtbares strich vorbei und einen winzigen Moment dachte sie an ihre Mutter. Was sie wohl gesagt hätte, wenn sie sie so hätte sehen können? In *ihrer* mittelalterlichen Burg?

Unauffällig platzierte Jannis seine kleine Bluetooth-Box am Bühnenrand und tippte auf seinem Handy die vorbereitete Playlist an. Er nickte ihr zu. Fertig, hieß das. Langsam schritten sie alle vier hinter dem Vorhang hervor.

Aus dem Zuschauerraum kam ein scharfes Zischen und jemand flüsterte: „Wo haben die Kinder denn diese prächtigen Kostüme her …?“

Vielleicht war es Mareike.

Ganz allein trat Merle vor und sprach in die Dunkelheit, in der sie nur schemenhaft einzelne Gesichter erkennen konnte: „Wir spielen ein Stück aus der Vergangenheit.“ Sie machte eine Pause. Das Scheinwerferlicht war heiß, Merle schwitzte. „Kerzen“, wisperte sie dann und machte eine den ganzen Zuschauerraum und die Bühne umfassende Geste. „Sie leuchten überall an den Wänden. Ein großer Saal, voller roter Rosen und Gläsern aus Kristall, in denen der Wein mit den Blüten um die Wette funkelt. Und dort", sie deutete in die dunkelste Ecke der Bühne, „die Kapelle. Sie spielt zum Tanz auf. Die Geige beginnt …"

Unauffällig wischte Jannis über sein Smartphone und aus der kleinen Box ertönten die süßen Töne einer einzelnen Violine.

Merles Körper kribbelte vor Freude.

Die Kerzen – jetzt sah sie sie flackern. Und all die festlich gekleideten Menschen, die erwartungsfroh beieinandersaßen oder standen, auf dem Hochzeitsball von Merles Onkel! Als die anderen Streichinstrumente und das Cembalo einsetzten und ein Menuett spielten, da trat Wladimir vor und verbeugte sich vor ihr.

Welche Ehre, mit dem Bräutigam zu tanzen! Auf ihrem allerersten richtigen Ball!

Merle knickste zierlich vor ihrem Onkel. Aus den Augenwinkeln sah sie Jannis, ihren Vater, am Rande des Saales sitzen und ihr fröhlich zulächeln; und ihr kleiner Bruder starrte mit offenem Mund auf all die Menschen auf dem Fest.

Und dann begann der Zauber …

Das Fest, der Streit zwischen Onkel und Vater im Herbstwald – längst hatte Merle vergessen, wer sie war. Die Grenze zwischen Wirklichkeit und Traum verschwamm, und im Zuschauerraum war es so still, dass man draußen eine Taube gurren hörte.

„Seht ihr den schwarzen Wald?", hörte Merle sich jetzt sagen.

„So starr, so winterkalt?
Doch zittert noch der Quell,
noch rinnt das Wasser schnell …"

Dann trat der Onkel auf. „Wohlan, Bruderkinder!", sprach er ein weiteres Mal und wieder überfiel Merle das Grausen. Und die schwarze Vorahnung, dass etwas Schreckliches passieren würde.

„Ihr werdet doch der Tante helfen? Die euch den kleinen Vetter hat geboren?", fragte er leise und drängend.

Merle knickste. „Bis dass der Vater wiederkehrt, woll'n gerne wir der Tante helfen", sagte sie artig.

„So folgt mir denn", sagte Wladimir.

„Ist es sehr weit?", fragte Merle. „Es ist so kalt …" Und sie zog ihr Wolltuch dichter um sich.

„Ich will euch etwas zeigen", entgegnete Wladimir. Er schritt voran und Merle und Felix folgten ihm.

Felix zog an Merles Hand. „Der Onkel will uns Böses", flüsterte er.

Eisig griff es Merle ans Herz und dennoch schüttelte sie beruhigend den Kopf. „Es ist doch unser Onkel!"

Sie sah noch, wie Wladimir sich umdrehte.

Dann wurde es dunkel.

Und als sie erwachte, tat ihr der Kopf weh. An ihrem Hinterkopf ertastete sie eine dicke Beule. Felix, der neben ihr auf dem Strohsack in der Kammer lag, schlug ebenfalls die Augen auf. Jetzt endlich wusste Merle, wa-

rum sie sich hier befanden: Der Onkel musste sie beide hergebracht haben!

Sie sahen sich in der Kammer um – ihr Vater ritt vorbei – der Onkel kam und schleppte Felix davon – und Merle warf sich schluchzend mit aller Kraft gegen die Tür. Hier kam sie nicht heraus … blieb nur das Fenster. Sie nahm einen der Holzschuhe und schlug zu. Das Glas zerbarst mit einem Knall, sie schlug alle Splitter aus dem Rahmen und hörte den Stier unter sich wütend muhen. Es brachte nichts, Angst zu haben.

Sie warf eine der Pferdedecken hinunter und hoffte, damit die Scherben zu bedecken. Auch die Holzschuhe warf sie voran. Schließlich schob sie sich selbst durch das kleine Fenster. „Wie ist das hoch!“, seufzte sie.

Dunkel kam ihr eine andere Mauer in den Sinn, bewachsen mit Efeu und wildem Wein … Nichts Hilfreiches rankte hier an der Holzwand, dafür wölbte sich direkt unter dem Fenster ein kleiner, beschneiter Hügel in die Höhe. Möglicherweise … Schnee ist weich. Und es half nichts, Angst zu haben. Selbst wenn einen niemand auffing. Merle schloss die Augen und sprang.

Als sie aufstand, sich den Schnee abschüttelte und die Decke aufhob, musste sie kurz lächeln. Sie war weich gelandet und das war kein Wunder. „Danke, lieber Gott, für diesen Misthaufen“, murmelte sie.

Dann sah sie sich um. Spuren im Schnee, die vom Stall Richtung Waldrand führten. Als Merle an der Außenwand des Stalles vorbeilief, schickte sie dem Bullen ein übermütiges ‚Muh' durch die Holzwand. Aber schon im nächsten Augenblick sah sie etwas im Schnee.

Ein Blutstropfen?

Merle bückte sich. „Tatsächlich", flüsterte sie. Ihr wurde glühend heiß. Ihr Kopf schmerzte im Takt ihres Herzens. Und dann rannte sie. Ganz allein in die Nacht hinein. Sie musste ihren Bruder retten – ihr Onkel … er würde ihn fortschaffen oder … töten? Sie musste ihn vorher finden!

Die Spuren führten über eine Wiese, milliardenfach funkelnd im Mondlicht, den Hügel hinauf zum Wald hinüber. Merle sprang von Fußspur zu Fußspur, sie rannte, sie fiel und stand wieder auf und der Schnee wurde durchsichtig wie Milchglas und …

Schwer atmend fand Merle sich auf der Bühne wieder, unter ihren Füßen Holzbretter statt Schnee. Sie sah den Zauber aus den Gesichtern der Zuschauer weichen. Der eine oder andere fing an, sich die Augen zu reiben. Ein alter Mann hustete. Felix grinste verlegen in den Zuschauerraum, Merles Handflächen waren nass. Und jetzt?

Das Publikum wurde unruhig, die ersten rutschten auf den Stühlen hin und her. Merle schluckte. Sie würden sich so blamieren! Wladimir jedenfalls ging nicht nach vorne und fragte die Zuschauer, ob sie vielleicht eine Idee für ein cooles Ende hätten. Er und Jannis standen dort mit hängenden Armen, als warteten sie auf irgendetwas. Aber auf was denn?

Leise wehte der Vorhang, und Merle war, als würden die Lampen flackern. Wie echte Kerzen. Da, ganz sacht, aber unnachgiebig legte sich etwas um ihren Brustkorb, schob sie nach vorne, als hätten ihre Arme und Beine ein Eigenleben entwickelt. Schon stand sie am Bühnenrand. Sie würde feuerrot werden.

Und vielleicht ohnmächtig.

Aber sie konnte, sie konnte einfach nicht anders!

Eine klare Stimme erhob sich in die Theaterluft, Note um Note, Wort um Wort formte sich ein Lied. Und diesmal stimmten alle Töne. Ich singe, wie der Vogel singt, der in den Zweigen wohnt, dachte sie überrascht; nur die Worte des Liedes hatte sie noch nie im Leben gehört. Sie mussten in ihr geschlafen haben, eine lange, lange Zeit.

„Elster, komm, Elster, flieg,
bring das Kind zurück.
Eil dich, Elster, fliege schneller,
rett' verlornes Glück.

Alte Burg, stolze Burg,
bist noch nicht verloren.
Doch das Kind, das dich erlöst,
ist noch nicht geboren.

Elster, komm, Elster, flieg,
flieg durch alle Zeit,
eil dich, Elster, fliege schneller,
bald ist es so weit.“

Nach dem letzten Ton starrte Merle verwirrt in die Dunkelheit. Was hatte sie getan? Woher nur war dieses Lied gekommen?

Im Saal herrschte eine erschrockene Stille. Dann aber setzte ein Raunen im Publikum ein, Fragen, nur gewispert: „Ist es tatsächlich das verbotene Lied?“, „Die alte Prophezeiung, nicht wahr?“, „Das Elsternlied!“, „Woher weiß sie denn die Worte?“, „Ist sie überhaupt von hier?“

Ein alter Mann sprang auf: „Großartig, Mädel“, rief er, „was für ein Mut! Dafür allein habt ihr schon meine Stimme!“ Und er begann, laut und demonstrativ zu klatschen.

Andere setzten ein, erst zögernd, dann immer heftiger, bis der Beifall wie warmer Regen auf Merle und die anderen niederprasselte. Dann …

Ein Knall.

Die Tür des Theaters flog auf und prallte von der Wand ab. Der Applaus verebbte. Ein paar Frauen schrien entsetzt auf.

Blass wie der Tod stand er dort, der alte Graf.

Und er trug die Jagdflinte in der Hand.

21. Kapitel

„Los, komm, raus hier!“ Jemand zog an Merles Hand.

Der Graf stand mitten im Zuschauerraum mit einem Gesicht, so weiß wie Raureif in der Morgensonne. Seine Blicke durchsuchten das Publikum, während die Menschen panisch an ihm vorbei zum Ausgang drängten.

„Friedrich Schiller!“, brüllte der Graf, und Merle hörte, wie eine Frau ihren Mann fragte: „Wieso, ich dachte, die Kinder hätten sich das Stück selbst ausgedacht?“

Dann schob der Jemand Merle zum offenen Fenster.

„Los, raus hier!“, zischte Wladimir. „Du als Erste!“

Merle starrte ihn an. „Was hast du vor?“, fauchte sie.

Hinter ihr stieß der Graf einen weiteren Wutschrei aus und schon kletterte Merle auf das Fensterbrett. Wie ein Äffchen turnte sie den Blauregen in den Innenhof hinab, schließlich hatte sie ja Übung.

Wladimir kam beinahe gleichzeitig mit ihr unten an, Jannis fiel das letzte Stück mehr, als dass er kletterte.

„Wo ist eigentlich Felix?"

Sie starrten sich an.

„Ihm ist etwas passiert! Ich weiß, dass ihm etwas passiert ist", wimmerte Merle.

„Aber doch nur im Stück", sagte Jannis beruhigend.

Merle schüttelte jedoch so wild den Kopf, dass Wladimir einen Blick den Blauregen hinauf warf. „Ich klettere noch mal hoch, der muss ja noch oben sein."

„Nein!" Merle schrie es beinahe. „Du nicht!" Kampflustig sah sie ihn an.

Jannis seufzte. „Ich mach das!", sagte er. Er warf noch einen zweifelnden Blick auf die beiden, dann hangelte er sich mühsam die Zweige wieder hinauf.

„Du bleibst weg von Felix! Für jetzt und immerdar!", fauchte Merle Wladimir an. Er ließ die Arme hängen, seine dunklen Augen schauten ausdrucklos.

Merle wirbelte herum. Felix war fort, jemand hatte ihn fortgebracht, es konnte gar nicht anders sein – aber wo war er? Gedanken, Gefühle, Bilder zogen blitzschnell durch ihren Kopf … und auf einmal fiel ihr etwas ein.

Als Wladimir ihr folgen wollte, stieß sie ihn zurück.

Sie sprintete über den buckligen Hof und meinte, Schnee unter ihren Sportschuhen knirschen zu hören. Sie stemmte sich gegen die Tür zu ihrem Flügel, stürzte hindurch und die Treppe hinauf, durch eine weitere Tür. Erst als die Dunkelheit sie umfing, die hohe, magische, bunt leuchtende Dämmerung, erst da blieb

Merle stehen. Wer auch immer sie waren, die hier wisperten, die Bescheid wussten – jetzt mussten sie ihr helfen.

Langsam schritt sie unter die Kuppel in der Mitte des Speisesaals und versuchte, ihr Keuchen zu unterdrücken, um es nicht zu verpassen. Endlich schloss sie die Augen.

„Wo ist Felix?“, flüsterte sie eindringlich. „Jemand hat ihn entführt. Wo hat er ihn hingebracht?“

In dem riesigen Raum hallte jedes Geräusch und selbst ihr Flüstern klang hohl.

Er war so einsam, der Saal.

Aber nein, Merle *wusste,* dass es dort etwas gab, jemanden, der … jemanden aus diesem Reich zwischen Traum und Wirklichkeit. Sie presste ihre Fingernägel in ihre Handflächen. Bitte antworte, wer auch immer du bist, bitte, bitte, hilf mir! Denn ich weiß, sonst wird etwas Schreckliches passieren. Und ich bin so allein …

„Du weißt es, Merle“, wisperte es plötzlich von irgendwoher. Aus der Luft? Aus den Mauern? Sie schüttelte verzweifelt den Kopf. Nein, sie wusste überhaupt nichts. Nicht einmal, ob sie sich in einem Theaterstück oder in der Wirklichkeit befand.

Ob es überhaupt eine Wirklichkeit gab.

Oder wer sie eigentlich war.

Nur noch, dass sie ihren Bruder retten musste.

„Du weißt es“, wisperte es, und ihr war, als würde die Stimme kichern. „Denk nach, du weißt es.“

Merle atmete tief ein. „Helft mir!", stieß sie aus. Und es klang mehr wie ein Befehl als wie eine Bitte.

Stille.

Merle ballte die Fäuste. Sie drehte sich so schnell um, dass sie beinahe hingefallen wäre. Doch als sie die Tür jetzt öffnete, um hinauszuhuschen, da war sie nicht mehr allein. Etwas strich über ihr durch den Spalt. Wie ein Fetzen lebendiger Dunkelheit.

Auch im Wald hatte die Dämmerung sich schon niedergelassen. Niemand sah, wie Merle zwischen den Tannen verschwand. Sie musste ihren Rock hochheben, den schimmernden Rock, um den schmalen Pfad hinaufzuklettern. Wie mühsam musste es gewesen sein – damals, als Mädchen …

Kälte, diese grausame Kälte. Merle rannte, sie musste ihn finden, ihren kleinen Bruder. Bevor der Onkel ihn fortschaffen konnte. Oder ihm etwas antat, sie traute ihm alles zu. Wenn sie nur Papa holen könnte … Aber es blieb keine Zeit, Merle schluchzte auf. Ach, Papa …

Ihre Beine waren so müde, sie war den Spuren schon so weit gefolgt. Hier ging der Weg nun ab zur Quelle an der Lichtung. Der Schnee stäubte, Merle musste husten. Sie blieb stehen, beugte sich vornüber, um die Seitenstiche zu beruhigen.

Da sah sie es. Ruckartig richtete sie sich auf. Ein wei-

teres Paar kräftiger Spuren folgte den anderen! Sie runzelte die Stirn. Ihr Herz hämmerte noch schneller.

Papa?

Und mit fliegenden Füßen bog sie auf den Weg zur Lichtung ein.

Jemand pfiff leise zwischen den Bäumen. Merle fühlte sich so benommen, als würde sie aus einem Traum aufwachen. Irgendwo röhrte ein Traktor durch den Abend und der Geruch nach Harz stach ihr in die Nase. Papa!

Ach nee, sie schüttelte sich, Jannis natürlich. „Hey!"

„Im Theatersaal war Felix nicht mehr, hab überall geschaut. Und ich wusste, dass du hierherkommen würdest. Glaubst du, er ist im Eiskeller?"

„Ich … ich weiß nicht. Im Stück bin ich irgendwo durch den Wald gelaufen. Allerdings waren da Spuren im Schnee." Sie seufzte. „Hier sind keine."

„Hier ist ja auch kein Schnee", sagte Jannis. „Aber warte mal, sieh mal da! Hier sind *doch* Spuren!" Auf dem Boden, auf der nackten Erde des Waldweges, lag etwas. Jannis hob es auf. „Ein Knopf von Felix' Hose", sagte er triumphierend.

„Was? Echt? Bist du sicher?"

„Klar, schau doch, so ein Knopf ist selten – hab ich ihm ja selbst immer zugeknöpft."

„Dann habe ich recht gehabt!", sagte Merle voller Angst. „Irgendwas ist ihm passiert!" Sie atmete tief durch. „Wo ist eigentlich Wladimir?" Es fiel ihr schwer, seinen Namen auszusprechen.

Jannis zuckte die Schultern. „Keine Ahnung. Er war plötzlich weg."

Sie starrten sich an.

„Los!", rief Jannis.

Und sie rannten.

Höher und höher schraubte sich der Pfad, sie passierten den Stacheldraht. Von unten, von der Burg her, wehten Rufe herauf, aufgeregte Stimmen.

Noch höher. Gleich mussten sie den Eiskeller erreicht haben.

Und Merle war kalt, so kalt …

Der Mann folgte den Spuren durch den Schnee, er war ein erfahrener Jäger, er konnte Spuren lesen. Und dieses Wild, das würde ihm nicht entkommen.

Zu klein, zu schwach.

Was war das für ein Geräusch? Was für ein Rauschen und Zischen? Er sah sich um. Es kam von oben aus den Bäumen … Da!

Ein dunkler Schatten.

Weite Flügel.

Ein scharfer Blick.

Weit riss der Mann die Augen auf. Er kannte ihn! Den braun geflammten Vogel mit dem gelben Schnabel! Und auf einmal war es umgekehrt. Und der Mann war der Gejagte.

Wladimir legte die Arme über seinen Kopf und rannte.

Die Tür des Eiskellers war nur angelehnt, wie immer. In der feuchten Erde waren keine Fußabdrücke zu sehen. Merle schluckte. Wieder spürte sie etwas neben sich. Nur einen Luftzug?

„Renn!", hörte sie es in ihrem Kopf wispern. „Beeil dich!" Sie drückte sich an Jannis vorbei und stürzte hinein. Die Nacht war bereits eingezogen in den alten Eiskeller.

„Felix?"

Wie immer lag die Stille dick und wattig in diesem Raum. Als würde die Zeit hier anders vergehen, zäher.

Ihr Herz tat so weh.

Nichts.

Nichts! Und trotzdem …

„Felix!?!?"

Panik stieg heiß in ihr auf. Was, wenn ihre Ahnung oder die Stimme in ihrem Kopf unrecht hatte?

„Und wenn er doch gekidnappt worden ist?", fragte sie Jannis.

„Wollte er nicht immer da runter?“, fragte Jannis zurück und zeigte zu dem Loch, das sie die ganze Zeit gemieden hatten. Das Loch, in dem sie die Kostüme gefunden hatten.

Merle nickte zögernd. „Höhlenforscher, schon vergessen?“, wisperte sie.

Jannis sammelte zwei übrig gebliebene Kerzen und Streichhölzer ein, die sie beim letzten Mal zurückgelassen hatten. „Lass uns lieber hinlegen“, schlug er vor.

Sie schoben sich auf dem Boden langsam bis zum Rand des Loches vor, während Erde und Bröckchen der alten Balken unter ihnen in die Tiefe rieselten.

„Hattest du vor der Höhle nicht immer Angst?“ Jannis sah sie fragend von der Seite an.

„Ja, aber die ist irgendwie … auch gekidnappt worden“, sagte Merle und spähte in die Dunkelheit.

Und dann ächzte und splitterte und krachte es und ehe sie es sich versahen, saßen sie beide eine Etage tiefer auf zwei ziemlich schmerzenden Hinterteilen.

„Kenn ich schon schlimmer“, seufzte Jannis, stand auf und klopfte sich das Kostüm ab. „Und jetzt?“

„Riechst du das?“

Jannis schnupperte. „Was denn?“

„Keine Ahnung“, murmelte Merle.

Der Geruch, der ihr schon mal aufgefallen war – hier unten war er noch stärker. Er nahm ihr fast den Atem. Und endlich erinnerte sie sich: Sie waren schon einmal hier gewesen, zusammen – Felix und sie …

Ein Raum, eng und niedrig. Dunkel und … feucht. Merle schloss die Falltür im Boden des Eiskellers über sich und zog ihren Bruder an sich. Als der Kleine zu ihr aufsah, zuckte Merle zusammen.

Nie, nie im Leben hatte sie so einen Schrecken gesehen! Riesig waren Felix' Augen in seinem weißen Gesicht. „Der Onkel …", stieß er aus, „der Onkel …"

Merle legte den Finger auf die Lippen.

Nun half nur noch Warten.

Und Hoffen.

Sie wickelte ihren Bruder mit in ihr großes Wolltuch, rieb seine weiße Nase. Sein ganzer kleiner Körper wurde so von Schluchzen geschüttelt, dass er kein einziges Wort herausbrachte.

Auch hier unten war es kalt. Tödlich kalt. Sie mussten den Keller bald verlassen, sonst würden sie erfrieren. Sobald die Gefahr vorüber war, sobald niemand mehr auf sie lauerte …

Etwas quietschte, und jetzt … waren das Schritte oder nur das Pochen des Blutes in ihren Ohren? Da … der Kleine schreckte zusammen, zitterte wie Birkenblätter im Wind.

Die Schritte kamen näher, jetzt blieben sie stehen. Jemand lauschte. Sie hörte ihn lachen, ganz leise. Erde rieselte herab. Er würde sie finden, sie und den Kleinen. Merle schloss die Augen.

Wieder knarrte das Holz über ihr.

Eine Tür quietschte, ein Schlüssel drehte sich im Schloss.

Und Merle schrie.

Vor Verzweiflung. Vor Angst …

Sie tastete nach ihrem Bruder. „Was sollen wir nur machen?"

Doch da war kein Felix mehr.

Er war wieder verschwunden, als hätte er sich in Luft aufgelöst. Eiskalter Schrecken griff nach Merles Herz. Und ein seltsamer Geruch stieg ihr in die Nase …

„He! Was machst du da?"

Jannis stand mit einer brennenden Kerze vor ihr und leuchtete ihr direkt ins Gesicht. Heißes Wachs tropfte ihr auf die Hand. Sie richtete sich auf.

Jetzt, im Kerzenlicht, sah sie es sofort: Im Fels klaffte ein Spalt! Der merkwürdige Geruch, der etwas tief Vergrabenes in Merles Erinnerung anspringen ließ, schien von dort zu kommen.

„Da müssen wir hinein", murmelte sie und erschrak vor sich selbst.

„Wo?" Jannis blinzelte. Er erkannte den geheimen Gang erst, als Merle ihn schon fast mit hineingezogen hatte.

Sie lauschte. Viele kleine Geräusche. Knistern, Zucken, Rascheln. Etwas piepste. Mäuse? Oder Ratten? Merle hatte keine Angst vor der Natur. Wohl aber vor engen Gängen unter der Erde – und dies war so einer, wie man ihn sonst nur in Büchern findet. Oder in Albträumen. Irgendjemand musste ihn vor undenklichen Zeiten in den Felsen gebrochen haben. Und er hatte nicht allzu viel Zeit gehabt (oder nicht allzu viel Lust), jedenfalls war der Gang so schmal, dass man ständig in Gefahr geriet, sich an den scharfen Felsvorsprüngen zu verletzen, und sich die Kleider aufriss, wenn man sich hindurchdrückte. Wasser lief an einigen Stellen die Wände hinab und der Boden war so uneben – teils aus festgetretener Erde, teils aus Stein –, dass vor allem Jannis höllisch aufpassen musste, um nicht zu stolpern.

Als sie ein paar Meter gegangen waren, fanden sie den zweiten Knopf. Sie sahen sich an.

„Pffff", flüsterte Merle. „Mit der Höhlenforscherei hätte er aber auch ein bisschen später anfangen können, finde ich."

Doch sie konnte wieder lächeln. Jetzt war es ganz sicher, Felix war tatsächlich hier entlanggelaufen. Und bestimmt würden sie ihn bald finden!

„Vor allem hätte er ein paar mehr Knöpfe verstreuen können, finde ich", meinte Jannis, als sie etwa hundert endlose Meter den Gang entlanggelaufen waren.

Die Kerzenflammen brannten ruhig; jenseits ihres Lichtkegels jedoch war die Schwärze nur noch schrecklicher. Merles Füße schwitzten in den Sportschuhen und ihr Po tat vom Sturz vorhin immer noch weh.

„Hast du das gehört?“ Sie blieb stehen.

„Was denn?“, flüsterte Jannis.

„Das klang, als sei irgendwo eine Tür zugeknallt!“

Jannis zuckte die Schultern. „Ich hoffe bloß, Wladimir taucht hier nicht auf. Hast du sein Gesicht gesehen?“

Merle nickte. Immer, wenn sie an Wladimir dachte, schnürte sich ihr der Hals zu. „Hörst du die Schritte nicht?“

Der Gang weitete sich etwas, dafür wurde der Boden noch unebener. Sie waren schon tief in das Innere des Berges hineingelaufen. „Komm! Schnell!“

„Was ist denn mit dir los?“, flüsterte Jannis. „Du bist echt blass!“

„Schnell, schnell, wir müssen Felix retten!“

Jannis schüttelte den Kopf, aber dann rannte er hinter Merle her, so schnell ihre Kerzenflammen sie ließen. Es stach in Merles Brust und der blöde Rock wickelte sich immer wieder um ihre Beine. Lästiger, buckliger Boden! Nun weitete sich der Gang zum Glück noch mehr, und staunend sah Merle, dass er hier einen richtigen Saal bildete.

Am anderen Ende allerdings gingen zwei Gänge ab, nicht nur einer … „Verdammt!“, murmelte Merle. Welchen sollten sie bloß nehmen?

Doch sie hatte keine Zeit mehr, darüber nachzugrübeln. Es waren eindeutig Schritte hinter ihnen. Jetzt geisterte das Licht einer Taschenlampe den Gang entlang, die letzten Fransen ihres Scheins trafen Jannis' braune Locken. Merle drehte sich um.

Wladimir trat in das Gewölbe.

Und Merle erschrak vor der Härte seiner Züge und der Kälte seiner Augen.

22. Kapitel

„Welchen nehmen wir?“ Wladimir leuchtete mit seiner Lampe in beide Gänge hinein.

Wie durch einen Nebel hörte Merle Jannis sagen: „Ich glaube, es ist keine gute Idee, wenn du uns folgst. Merle und ich – wir machen das hier allein!“

An der Schulter spürte sie den zarten Luftzug; etwas war bei ihr, was auch immer es war, das sie begleitete. Merle schloss die Augen. „Hilf mir“, wisperte sie in die Dunkelheit.

„Natürlich komme ich mit!“, herrschte Wladimir Jannis an. „Ich werde Felix genauso suchen wie du!“

„Niemals!“, hörte Merle Jannis ausstoßen.

Sie sah, wie er versuchte, Wladimir die Lampe aus der Hand zu reißen. Und ehe Merle wusste, was eigentlich geschah, standen die beiden Jungen sich in der Mitte des unterirdischen Saales gegenüber. Zwischen ihnen blitzten zwei Degen.

„Shit!“, brach es aus ihr heraus. Warum nur, warum hatten sie die verdammten Waffen nicht längst abgelegt? Nur, weil die Jungen die so cool fanden? „Hört auf, hört sofort auf!“

Sie kümmerten sich nicht um sie. Klingend trafen sich ihre Degen und Merle schrie auf.

Die Lichtung.

Mitten auf der Lichtung lag ein dunkles Bündel.

Und ein Degen im Schnee.

Es war so still. Ringsum starrten dunkel die Bäume.

„Papa!“

Weißer Schnee.

Roter Schnee.

Vor langer, langer Zeit.

Merle weinte.

„Verdammt! Hört auf, hört sofort auf! Ihr spielt das Stück weiter, merkt ihr das nicht?“

Nie hatte sie Jannis so gesehen, den rundlichen, friedlichen Jannis. So klar, so entschlossen …

Er würde sterben! Genau wie ihr Vater in der Geschichte.

„Hört endlich auf! Im Stück stirbt einer, ich weiß es jetzt, *hört auf!*“ Verzweifelt versuchte Merle, Jannis am Ärmel zu packen. Zu spät.

Voller Entsetzen sah sie, wie Wladimirs Degen Jannis' Arm streifte und sein Wams aufriss. Wladimir ließ den Degen sinken. Verwirrt starrte er Merle an. Und zutiefst erschrocken bemerkte sie, wie verloren er aussah, als sei der Vorhang des Theaters plötzlich gefallen.

Im nächsten Augenblick wandte er sich ab. Entschlossen rannte er auf den linken Gang zu.

„Wladimir!", brüllte Merle ihm hinterher. „Werd nicht so ein Mörder wie … wie deine Eltern! Bleib sofort stehen!"

Er zuckte heftig zusammen. Was hatte sie bloß gesagt?

„Merle!" Das war Jannis.

Sie wirbelte herum. „Ist alles in Ordnung? Hat er dir was getan? Blutest du?"

„Nur … ein bisschen, glaube ich."

Der Schnitt in seinem Ärmel glänzte rot. Merle stellte die Kerze ab und riss mit zitternden Fingern den Stoff auf, er gab erstaunlich leicht nach.

„Puuuh, bloß ein Kratzer. Drück mal drauf, das ist nur oberflächlich." Hektisch drehte sie sich um. Doch der Saal war leer. Wladimir war verschwunden.

„Woher weißt du, dass das der Richtige ist?", keuchte Jannis wenig später, während sie den linken Gang entlanghetzten.

„Keine Ahnung", keuchte Merle zurück. „Aber der Onkel … also, Wladimir weiß es auch. Wir spielen doch das Stück weiter, hast du das nicht gemerkt?"

Tränen stiegen ihr in die Augen, während sie lief. Der kleine Luftzug, das tröstliche unsichtbare Etwas, hatte sie verlassen.

Sie stolperten und rutschten, mal wurde der Tunnel so eng, dass sie sich an den Felsvorsprüngen vorbeidrücken mussten und ihre Kostüme mehr und mehr zerrissen, mal wurde er so weit, dass sie richtig rennen konnten, bis … Merle und Jannis plötzlich nebeneinander im Freien standen. Unter dem dunklen Himmel, in der kühlen Nachtluft.

Der Mond schien auf eine weite Fläche, in seinem Licht breitete sich das Land in einer sanften Senke vor Merle aus. Hier und da bewegten sich die Ähren eines Feldes in der Nachtbrise. Das Bild vor Merle war so schön, dass sie unter anderen Bedingungen sicherlich stehen geblieben wäre, um es in sich hinein zu trinken. So aber sah sie sich nur keuchend um.

Wo war Wladimir?

Und Felix …

„Da, sieh mal!“, flüsterte Jannis.

„Was denn?“

Aber da hatte sie es auch entdeckt. Hell und klein und es gehörte nicht hierhin, nicht an die Wurzel einer Tanne … ein Turnschuh! Mit selbst gemalten Adidas-Streifen. Edding.

„Yesss“, murmelte Merle.

Und dann rannten sie beide in die gleiche Richtung, sodass sie beinahe zusammengestoßen wären.

„Ich habe solche Angst um Felix“, stöhnte Merle. „Wenn Wladimir … Im Stück bringt er erst den Vater um, also dich … und macht sich dann auf die Suche … nach … meinem Bruder. Und dann … lässt er uns … in der Höhle unter dem Eiskeller erfrieren. Aber jetzt? Ich weiß nicht … wie es … weitergeht.“

„Hast … du … sein … Gesicht … gesehen?“

Merle nickte nur und rannte noch schneller.

Seitenstechen, so schlimmes Seitenstechen.

„Er kann doch … gar nicht so weit sein“, keuchte Jannis.

„Da … da ist etwas.“ Merle blieb stehen. „Felix! Er ist dort! Unter den Bäumen! Und … Jannis, oh nein, komm mit! Renn! Renn!“

Am Rand des Feldes, dort, wo die ährengefüllte Senke endete und der Wald sich schwarz wieder erhob, mitten in den tiefsten Schatten … da stand einer. Er sah aus wie aus vergangenen Zeiten gepflückt – und vielleicht waren dies ja auch vergangene Zeiten. Oder die Zeiten flossen hier zusammen, Vergangenheit, Gegenwart und Zukunft, in dieser Nacht, in diesen tiefen Schatten.

Da stand einer, mit einem Degen so scharf wie der Rand des Mondes, der so einsam über das Land leuchtete. Langsam, langsam wanderte er über den wolkenlosen Himmel, der Mond, langsam erreichte sein Licht die Gestalten unter dem Baum, den Jungen und das stille Bündel am Boden.

Der Junge hob die Arme. Ganz still stand er, den Degen hoch erhoben.

Merle schrie, wie sie noch nie geschrien hatte. Sie hatte Jannis hinter sich gelassen, der Rock flatterte nur noch in Fetzen hinter ihr her.

Die Zeit stand still.

Das Licht fiel auf den Jungen und die Klinge des Degens sah aus wie aus einem Mondstrahl geschmiedet. Der Junge holte aus.

Und dann … mit aller Macht … schleuderte er die Waffe fort. Da er kräftige Muskeln hatte, flog sie weit durch die Nacht und landete irgendwo zwischen den Ähren. Merle blieb stehen.

Die Kälte biss nach ihr, ihre Arme und Beine waren taub, und ihre Füße stolperten durch den Schnee, als ob sie nicht mehr zu ihr gehörten. Die langen, dunklen Gänge lagen hinter ihr, aber der Kleine war schneller. Sie musste ihn finden, sonst würde er erfrieren. Sie ballte die Fäuste, sie stolperte wieder und wieder, schließlich blieb sie stehen. Ihr kamen die Tränen, sie schaffte es nicht mehr!

Die Schneedecke vor ihr war unberührt.

Und dennoch stand dort jemand.

Langsam hob Merle den Blick. Ja, dort stand eine kleine, dürre Gestalt mit scharfen, hellen Augen. Sie war so alt, dass sie beinahe auseinanderfiel.

Die Hexe.

Merle hatte keine Angst mehr, sollte die Alte sie doch holen – ihr war alles egal.

Doch plötzlich war da eine Hand, die ihr die Haare aus dem Gesicht strich, plötzlich war da ein warmer Mantel, der sich um sie schmiegte wie Mamas Arme einst, und plötzlich war ihr Bruder an ihrer Seite. Jemand nahm sie an der Schulter und führte sie fort.

Hinaus aus dem Schnee, aus der Kälte und aus der Dunkelheit, zurück ins Leben.

Wladimir ließ sich auf den Boden sinken und vergrub den Kopf in den Händen.

Nun war es vorbei.

Alles.

Die Gefahr.

Das Stück.

Alles.

Der Zauber war gebrochen. Merle ließ sich erschöpft neben ihn fallen.

„Pssst. Er schläft", sagte Wladimir leise und Merle drehte sich auf den Bauch zu Felix um.

Ja, das tat er tatsächlich.

Da lag er im vollen Licht des Mondes, eine erloschene Kerze in der Hand, und schnarchte ziemlich laut vor sich hin.

„Er hat Polypen", schnaufte Merle.

„Hatte ich auch", sagte Wladimir. „Ich bin operiert worden."

Und plötzlich musste Merle kichern, so sehr, dass es sie schüttelte – sie konnte gar nicht mehr aufhören. Es war so furchtbar, schrecklich … so komisch alles! Eben noch war Felix in Todesgefahr gewesen und jetzt lagen sie hier und redeten über Polypen und es war eine schöne Nacht und alles war vorbei.

Sie setzte sich auf und wischte sich über die Augen. „Ich bin überhaupt nicht mehr wütend auf dich", stellte sie überrascht fest.

Wladimir grinste breit und offen. „Ich war nie sauer auf dich, nur … Warte mal."

Auch sein Kostüm war zerfetzt, das Wams hing in Streifen von ihm herab. Er zog es sich über den Kopf, schlüpfte aus der Hose und schließlich saß dort ein ganz normaler Junge in kurzer Jeans, einem etwas zu großen mittelweißen T-Shirt und nicht mehr ganz so kurzen Haaren.

„Das waren diese Scheißdinger", sagte Wladimir und trat mit dem Fuß das Restkostüm fort.

Merle nickte. Sie zog sich die Reste ihres Kleides ebenfalls über den Kopf und kickte sie in das Feld zu Wladimirs Fetzen. Dann setzte sie sich wieder, zog die Füße an ihren Po und schlang die Arme um die Beine.

„Meine Eltern haben übrigens niemanden ermordet. Sie sind auch keine Einbrecher oder Mafia oder so“, sagte Wladimir. „Sie sind im Gefängnis wegen … der Politik.“

„Ich … Das tut mir so leid …“

Merle drückte seine Hand, und gemeinsam sahen sie zu, wie Jannis sich näherte, wobei er hin und wieder stehen blieb und sein Knie rieb.

„Echt“, sagte er, als er neben Merle auf den Boden plumpste. „Im Fallen bin ich mindestens Europameister. Aber dafür bin ich im Aufstehen Weltklasse.“ Er warf einen Blick auf den schnarchenden Felix. „Ziemlich viel Stress für so ein bisschen Höhlenforschen!“

„Ich glaube nicht, dass es nur das war“, sagte Merle versonnen. „Ich glaube, die Kostüme haben ihn auch beeinflusst. Vielleicht haben sie das ja ausgenutzt, dass er Lust hatte auf die Höhle …“

Dann saßen sie eine ganze Weile einfach da, schauten in die friedliche Nacht hinaus und hörten Felix beim Schnarchen zu.

„Wann hast du begriffen, dass es eigentlich die Kostüme waren, die sich das Stück ausgedacht haben?“, fragte Merle Wladimir.

Er legte den Kopf in den Nacken. „Ich weiß nicht … Ich habe gemerkt, dass ich mich immer komischer gefühlt habe, je länger wir geübt haben. Immer mehr wie dieser Onkel. Und als du das Lied gesungen hast, das war merkwürdig. Ich meine: ganz richtig. Obwohl du doch sonst keinen geraden Ton herauskriegst.“

Jannis kicherte, Merle puffte ihn mit dem Fuß.

„Aber richtig begriffen habe ich es gerade eben erst“, flüsterte Wladimir. „Im … im letzten Moment, plötzlich wurde es mir klar.“

Merle lächelte ihn an. Verlegen strich Wladimir sich durch seine Stoppeln. „Und du?“

„Ich glaube, erst da unter der Erde. Als ich gesehen habe, wie ihr das Stück einfach weitergespielt habt. Auf jeden Fall, als mein Rock vorhin total kaputt ging. Plötzlich habe ich mich anders gefühlt. So … normal wieder. Wie *ich* eben.“

Jannis kicherte erneut. „Wie fühlt man sich denn wie *ich?*“, fragte er.

Merle streckte ihm die Zunge heraus. „Merlig“, gab sie zurück. „Aber ist das nicht komisch mit diesen Kostümen?“, fragte sie dann. „Warum sollten wir bloß diese Geschichte spielen?“

„Vielleicht wollten uns die Dinger nur helfen, damit wir überhaupt ein Stück hatten?“, schlug Jannis vor.

Wladimir tippte sich an die Stirn. „Ein Stück, bei dem wir uns fast umbringen?“

Merle schüttelte den Kopf. „Warum sind die Leute eigentlich so ausgeflippt, als ich dieses Lied gesungen habe?“

Wladimir zuckte mit den Schultern, Jannis sagte: „Fragen über Fragen …“, und wackelte mit dem Kopf.

Hinter ihnen rührte sich jemand.

„Was macht ihr denn hier?“ Felix rieb sich die Augen, und als er sah, dass alle ihn anstarrten, schielte er und streckte ihnen die Zunge raus. Dann fragte er leise: „Ist das blöde Stück jetzt zu Ende?"

Merle zog ihn in ihre Arme. Sie hatte das Gefühl, sie wollte ihn nie wieder loslassen, ihre kleine Lieblingsnervbeule. „Ja. Jetzt ist das blöde Stück wirklich, wirklich zu Ende", sagte sie zufrieden.

„Gut." Felix stand auf. „Dann gehen wir jetzt nach Hause, oder, Merle?"

23. Kapitel

Zurück liefen sie nicht unter, sondern über der Erde, denn keiner von ihnen hatte noch Lust auf die unheimlichen Gänge. Der Mond leuchtete ihnen den Weg, als sie einen Pfad hinauf auf die Bergkuppe suchten. Oben lagen einige Felsen. Wladimir sprang hinauf, Parkour eben. Weit unten im Tal glitzerte die Stadt mit der Bibliothek und hinter den Bäumen konnte man schon die Dächer der Burg erahnen.

„Blöder Bonze“, stieß Wladimir aus. „Und dann die Nummer mit dem Gewehr … echt!“

Merle lächelte ihm zu und Wladimir lächelte zurück. Sein Lächeln war auch gekidnappt gewesen, dachte Merle befriedigt, aber jetzt war es wieder frei.

„Übrigens haben die beiden überlebt, der Junge und das Mädchen aus dem Stück“, sagte sie. „Falls ihr das nicht begriffen hattet. Sie haben sich in den Eiskeller geflüchtet, nachdem der Onkel ihren Vater umgebracht hat, und haben den Gang gefunden. Und dahinter sind sie von der Hexe aufgesammelt worden.“

Sie schaute sich um und blickte in drei erstaunte Augenpaare.

„Es gibt gar keine Hexen“, stellte Felix fest. „Das hast du selbst gesagt!“

Merle überlegte. „Doch, gibt es“, sagte sie dann entschieden. „Aber nur liebe.“ Und als Jannis sich an die Stirn tippte: „Irgendjemand muss diese Kostüme doch verzaubert haben, oder?“

Darauf wusste auch Jannis keine Antwort mehr.

Der Weg hinab war lang, länger, als sie gedacht hatten, und als sie schließlich den letzten Hang hinunterliefen, sahen sie, dass der Flügel des Grafen dunkel war. Nur dort, wo das Theatercamp untergebracht war, brannten noch überall die Lichter.

„Die suchen uns bestimmt“, sagte Jannis.

„Haben wir gewonnen? Mit dem Stück? Kriegen wir die coolen Smartphones?“, fragte Felix.

„Glaub ich kaum“, sagte Merle. „Ich glaub, wir kriegen eher echt heißen Ärger.“

Vor dem Torbogen aber wartete jemand auf sie und sein Bart leuchtete weiß in der Dunkelheit.

„Friedrich ist wieder da“, sagte Merle glücklich.

Er streckte ihnen die Hände entgegen. „Großartige Aufführung!“, rief er und nickte anerkennend.

„Danke.“ Merle wurde rot.

„Aber“, fuhr Friedrich fort und machte eine bedeutsame Pause, in denen er sie alle ansah, „euer Stück ist noch nicht zu Ende. Jetzt kommt der letzte Akt.“

„Oh nein“, stöhnte Jannis. „Mir reicht's!“

Friedrich warf einen prüfenden Blick auf die Burg und zwinkerte ihnen zu. „Ihr kommt besser mit zu mir“, sagte er und Wladimir nickte erleichtert. „Was habt ihr denn eigentlich im Wald gemacht?“, fragte Friedrich, als sie die Kopfsteingasse erreichten.

Jannis seufzte. „Das ist eine lange Geschichte.“

„Wir haben noch eine halbe Nacht Zeit“, sagte der alte Mann schmunzelnd.

Zum Glück war Friedrich ein dankbarer Zuhörer. In der Stille der Nacht, bei dem Knacken des Feuers und dem Geruch von warmem Karamell saßen sie in seiner Küche und erzählten und noch einmal kehrte der ganze grausame Zauber der Geschichte zurück.

„Ob die Hexe wohl wirklich die Kostüme genäht hat?“, fragte Merle am Ende nachdenklich. „Aber … warum?“

„Jetzt kommen wir zu meinem Teil der Geschichte“, sagte Friedrich und streckte sich ausgiebig. Er fütterte den Ofen mit einem Scheit Buchenholz und spähte unter die Decke, die er über Ringelnatz' Vogelbauer gelegt hatte. Im Käfig klingelte es leise und Friedrich ließ den Tuchzipfel beruhigt wieder sinken.

„Was ihr gespielt habt“, fing er an, „war nicht einfach nur ein Theaterstück. Denn in alter Zeit lebte auf der Burg tatsächlich ein Graf mit zwei Kindern, einem Jungen und einem Mädchen.“

Er nickte Merle und Felix zu.

„Die Mutter der Kinder war früh gestorben. Der Graf lebte im linken Flügel der Burg, in den rechten aber zog sein Bruder mit seiner Frau. Der Graf musste auf Reisen gehen, viele Monate, denn so lang dauerten Reisen in diesen vergangenen Zeiten. Als er zurückkehrte, hatten sein Bruder und seine Schwägerin einen Sohn bekommen, seine eigenen Kinder aber waren spurlos verschwunden. Die Gerüchte gingen, dass sie von der Hexe entführt worden waren, die tief im Wald lebte, dort, wo dem Volksglauben nach die Geister und Dämonen hausten. Der junge Graf starb aus Gram oder wegen der Schwindsucht – das ist nicht überliefert. Die Kinder wurden nie gefunden. Und natürlich erbte der Bruder alles. So weit die offizielle Geschichte der Burg Hohenhartt."

„Wir haben also … die Wahrheit gespielt? Die wirkliche Geschichte der Burg?", flüsterte Merle.

„Nur kennt die keiner mehr, denn die historischen Dokumente sind ja weggeschwommen", nickte Friedrich. „Schon lange habe ich vermutet, dass an dieser Geschichte und an den unleserlichen Papieren etwas faul ist. Und als der Graf mir drohte, die Löcher im Dach meines Hauses nicht reparieren zu lassen, wenn ich nicht endlich verschwände …", Friedrich schaute nachdenklich aus dem dunklen Fenster, „habe ich meine alten Knochen zusammengerafft und mich auf die Suche gemacht. Habe in Archiven gegraben, alte Fotos aufgespürt, in Kirchen und Ämtern Stammbäume durchforstet, alte Leute um ihre Erinnerungen gebeten …" Er lächelte versonnen. Dann sah er Merle an. „Weißt du eigentlich, was Merle bedeutet?", fragte er sie.

Merle zuckte die Schultern. „Maulwurf?"

Friedrich lachte. „Nicht ganz. Es ist das französische Wort für Amsel. Und dann diese Ähnlichkeit …"

Merle legte den Kopf schief und aus dem Käfig drang ein gedämpftes Zwitschern.

„Nun spannen Sie uns doch nicht so auf die Folter!", murrte Wladimir.

Friedrich grinste. „Eure Freundin hat nicht nur einige Gemeinsamkeiten mit ihrer Mutter, wie wir ja schon herausgefunden haben …" Er nickte Merle zu.

„… was ja auch gar nicht sooo seltsam ist", warf Jannis ein.

„Sondern sie sieht auch einer gewissen jungen Frau auf einem Bild verblüffend ähnlich", fuhr Friedrich ungerührt fort. „Ja, sie hat sogar das gleiche Muttermal." Er beugte sich vor und deutete auf das winzige Vogelmal in Merles Augenwinkel. „Habt ihr es nicht bemerkt?"

„Die Gemmenfrau?", flüsterte Merle überwältigt.

„Die niemals abgehängt werden darf", bestätigte Friedrich. „Seltsame Sache, diese alte Sage, nicht? Erratet ihr den Grund?"

„Weil sie die wahre Ahnfrau ist", murmelte Wladimir und sah Merle an. „Wow!"

„Äh … wow … was? Kann mir mal jemand was erklären?“

Wladimir puffte sie in die Seite. „Na, du bist die echte Erbin der Burg! Also du und Felix!“

Merle wurde feuerrot. „Ich?“, fragte sie ungläubig.

„Na klar, die Gemmenfrau war die Frau von dem Grafen aus dem Stück, also die Mutter von den beiden Kindern.“

„Aber … was hat das mit uns zu tun? Also mit Felix und mir?“

„Nun, wie ihr ja herausgefunden habt, haben die damaligen Kinder mithilfe der weisen Frau, die ich mich scheue, eine ‚Hexe‘ zu nennen, überlebt …“

In Merle blitzte eine Erinnerung auf. „Die Kostüme!“, flüsterte sie. „Das war das Mädchen selbst … als sie groß war – damit irgendwann die Wahrheit herauskommt.“ Sie war ihr doch im Traum erschienen …

Friedrich fuhr ungerührt fort: „Und die beiden Kinder haben wieder Kinder bekommen. Und die Ahnenreihe des Jungen führt direkt zu deiner Mutter, Merle. Und somit zu euch. Es war nicht ganz einfach, das herauszufinden, aber es ist mir gelungen.“ Friedrich strahlte. „Und jetzt kann der alte Zausel endlich die Verantwortung für die Burg abgeben und mit mir fischen gehen“, murmelte er in seinen Bart, aber das war wohl nicht für ihre Ohren bestimmt.

„War er der Elsternmensch?“, fragte Jannis.

„Wer? Der alte Zau… äh, der Graf? Natürlich.

Schwarz und weiß wie eine Elster. Netter Kerl, eigentlich. Mein bester Freund, um genau zu sein. Seine Mutter aber war eine wahre Hexe – zum Glück konnte sie wenigstens nicht zaubern. Sie hat ihn irgendwann in ihre Gewalt bekommen. Und ich wusste nicht, wie stark seine schwarzen Anteile sind, was er tun würde, wenn er selbst herausfinden würde, wer ihr seid."

Stumm, wie erschlagen, saß Merle auf Friedrichs wackligem Küchenstuhl. „Aber ... das Lied?", fragte sie schließlich leise.

„Das Lied, ja." Friedrich wiegte langsam seinen Kopf. „Es ist euch offenbar gelungen, die Worte der alten Melodie wieder auszugraben. Aber ihr Sinn ..." Er hob die Hände. „Ich kann mir nur vorstellen ... die Burg Hohenhartt hat ja noch einen anderen Namen, einen sehr alten, kennt ihr den zufällig auch?"

Sie schüttelten die Köpfe.

„Agalstra ist ihr wahrer Name", sagte Friedrich. „Das ist mittelhochdeutsch für Elster. Und in alten Chroniken wird sie die Elsternburg genannt ..."

„Ooooh", hauchte Merle. „Das Lied ist doch eine alte Weissagung, oder? Also, eine Botschaft aus einer vergangenen Zeit, wie die Kostüme. *Elster, komm, Elster, flieg, bring das Kind zurück* – ich glaube, mir schwant was ..."

„Och nö", sagte Jannis. „Nicht schon wieder ein Vogel! Elster, Kauz, Amsel, Schwan ... es reicht jetzt langsam."

Es war ein frischer Morgen nach einer langen Nacht, der silberne Bentley kam in einer Straßenbiegung zum Stehen. Von hier aus hatte man einen erstklassigen Blick auf die alte Burg, wie sie, die Flügel stolz ausgebreitet, ins Tal hinunterblickte.

Der kleine, glatzköpfige alte Mann am Steuer warf einen versonnenen Blick hinauf. „Nun ist es also zu Ende“, sagte er nachdenklich und seine Stimme klang ganz ruhig.

Lange saß er dort, den Blick nach innen gekehrt. Schließlich schüttelte er sich und startete den Motor.

„Ob es im Fluss wohl immer noch so viele Fische gibt?“, murmelte er.

Aber diese Frage konnte ihm leider niemand beantworten.

Mick: „Okay, ihr habt gewonnen. Aber euer Stück war auch … okay, es war cool. Richtig cool.“

Merle: „Oh, danke! Ehrlich gesagt: Ich fand euer Rapstück auch megagut. Ich war ganz neidisch.“

Mick: „…?“

Merle: „Ich kann überhaupt nicht rappen. Und nicht tanzen. Ihr wart echt … also ihr könnt das wirklich gut!“

Mick: „Wie habt ihr das eigentlich gemacht?“

Merle: „Was?“

Mick: „Das mit den Bäumen. Und dem Schnee … Dass man das alles gesehen hat. Wo habt ihr das alles hergekriegt?“

Merle (grinst): „Das war nur in deiner Fantasie.“

Mick: „Ja, aber wie habt ihr das denn jetzt gemacht, sag doch mal!“

Merle (schüttelt langsam den Kopf): „Lieber nicht. Das würde dich nur verunsichern.“

Mick (zuckt die Schultern): „Na ja, okay. Aber finde ich voll korrekt, dass ihr uns die Smartphones überlassen habt.“

Merle: „Pff, wir haben doch den Hauptgewinn gekriegt. Also, wenn alles gut geht. Die Gerichte und so. Und der Graf.“

Mick (grinst): „Wünsch ich euch. Ladet ihr uns dann mal ein? Wenn euch die Burg gehört und ihr da eine Jugendherberge draus gemacht habt?“

Merle (drohend): „Aber nur, wenn ihr kein Theater macht.“

Mick: „Nie wieder. Ich schwöre!“

Sie lief den Weg zur Burg hinauf. Vor dem Tor blieb sie stehen. „Gesmaehet unde gezieret“ – eigentlich wusste sie immer noch nicht, was es bedeutete.

Merle drehte sich um. Das Tal lag schläfrig in der Mittagssonne, dunkel glänzten die Schieferdächer des Dörfchens. Weit rollten die grünen Hügel, bis zum Horizont, wie das Meer. Merle hätte am liebsten alles umarmt. Sie seufzte tief und glücklich.

Das Wunderbarste aber war … Merle beschattete ihre Augen mit der Hand und blickte zum Parkplatz hinunter … ja, da waren sie.

Felix rannte voraus, in den Ort hinunter, Friedrich hatte versprochen, gleich eine Runde Eis auszugeben. Jannis sprintete hinterher und versuchte, Felix am Ärmel zu erwischen. Er stolperte und – Merle hielt den Atem an – fiel nicht hin.

Hm.

Das Feriencamp schien etwas gebracht zu haben. Sie grinste.

Wladimir hing etwas zurück. Jetzt blieb er stehen und schaute zur Burg hinauf, und Merles Herz klopfte schneller, als sie die Hand hob, um ihm zu winken. Gleich würde sie sich ihnen anschließen.

Ihren Freunden.

Aber vorher hatte sie noch etwas zu erledigen.

Andächtig schritt Merle durch den hohen Saal. Das magische Licht der Buntglasscheiben erfüllte den ganzen Raum.

Er schien wie früher zu lauschen, ja, sogar auf sie zu warten.

In der Mitte blieb Merle stehen und legte den Kopf in den Nacken.

Dort war sie.

Sie war die Größte, die Schönste, genau in der Mitte der Kuppel saß sie, flankiert von einigen kleineren Vögeln. Tief und glücklich atmete Merle ein.

„Elster, komm, Elster, flieg,
bring das Kind zurück.
Eil dich, Elster, fliege schneller,
rett' verlornes Glück.

Alte Burg, stolze Burg,
bist noch nicht verloren,
doch das Kind, das dich erlöst,
ist nun schon geboren.

Elster, komm, Elster, flieg,
flieg durch alle Zeit,
eil dich, Elster, fliege schneller,
denn es ist so weit.“

Sie sang es leise. Klar und ein wenig schief klang es durch den Saal, stieg auf bis in die höchste Kuppel.

Dort stand sie und blickte zu mir hinauf. Mein Herz füllte sich mit Stolz auf sie und ihr altes Geschlecht, auf diese mutigen und klugen Geschwister, deren Kinder und Kindeskinder glücklich aufwachsen würden in den Mauern von Agalstra.

Meine Mission war vollbracht.

Vor den Fenstern verglühte der Sommer, bald würde der Herbst kommen und mit ihm seine Stürme und der große Zug der Vögel.

Das Mädchen – tief unter mir – sah mir direkt in die Augen. Es wisperte etwas und jedes einzelne Wort schwebte zu mir hinauf.

„Danke, Elster, mein Wappentier", flüsterte es.

Hätte ich Tränen gehabt, wären sie auf das Kind dort unten herabgetropft und es hätte geregnet in dem hohen Saal.

Gesmaehet unde gezieret … dachte ich.

Nichts in dieser Welt ist nur schwarz und nichts nur weiß. Böses und Gutes liegen beieinander – so nahe wie die Farben in meinem Federkleid, kleine Merle.

DANKEDANKEDANKE

… allen, die an diesem Buch beteiligt waren. Ganz besonders: der großartigen Frauke Reitze, meiner Agentin Anja Koeseling, meiner geliebten Familie und Pie-pie, einer jungen Elster aus einem lang vergangenen französischen Sommer.

Anna Herzog ist Kinderbuchautorin und Schulärztin, hat aber auch schon als freie Journalistin und Übersetzerin gearbeitet. Nachdem sie die Welt per Fahrrad, mit dem Zug und per Segelboot bereist hat, lebt sie heute mit ihrem Mann, ihren vier Kindern, einem Kletterkastanienbaum und vielen Tieren im Ruhrgebiet. Ihr Buch „Die Kinder vom Birnbaumhaus“ wurde von der Deutschen Akademie für Kinder- und Jugendliteratur als Umwelt-Buchtipp empfohlen.

Anna Herzog
Alles im Fluss
256 Seiten · Klappenbroschur
ISBN 978-3-649-62350-2
Auch als ebook erhältlich:
ISBN 978-3-649-62704-3

Wie ist sie bloß in diese Situation geraten? Juli, dreizehnjährige zukünftige Filmemacherin mit Tierphobie, findet sich in einem uralten Faltboot auf dem Fluss wieder – mit Jonte, den sie kaum kennt, dessen kleinem Bruder Per und einem hässlichen Kater namens Puma. Was spielerisch mit Jontes Behauptung beginnt, er könne es locker bis zum Meer schaffen, wird zur Herausforderung: Nicht nur, weil sie plötzlich auf der Flucht sind, sondern auch, weil die beiden Älteren nun für den Jüngeren sorgen müssen. Als Jonte etwas zustößt, ist Juli plötzlich ganz auf sich gestellt …

„Die Begabung der Autorin, aus schlichten Begebenheiten Abenteuer zu dichten, ist bemerkenswert … Ich wünsche ihrem beglückenden Buch von Herzen viele junge Leser_innen."
(Ulrike Schrimpf in *1001 Buch*)

Ross Welford
Zeitreise mit Hamster
368 Seiten · Gebunden
ISBN 978-3-649-62237-6
Auch als **ebook** erhältlich:
ISBN 978-3-649-62514-8

Hätte mich früher einer gefragt, ich hätte gesagt, dass eine Zeitmaschine vermutlich wie ein U-Boot aussieht. Oder vielleicht wie eine Rakete. Stattdessen schaue ich jetzt auf einen Laptop und eine Zinkwanne aus dem Gartencenter. Das ist Dads Zeitmaschine. Und sie wird die Welt verändern. Na ja, auf jeden Fall meine.

Al Chaudhury hat eine unglaubliche Chance – er kann das Leben seines verstorbenen Vaters retten. Das Einzige, was er dafür tun muss: in das Jahr 1984 zurückreisen, um einen schicksalsvollen Gokart-Unfall zu verhindern …

Die Zitate ohne Verfasserangaben stammen
aus folgenden Quellen:

Seite 51: aus dem Gedicht „Wünschelrute"
von Joseph von Eichendorff
Seite 52: aus dem Drama „König Richard III."
von William Shakespeare
Seite 57: aus der Tragödie „Hamlet"
von William Shakespeare
Seite 87: aus dem Roman „Wilhelm Meisters Lehrjahre"
von Johann Wolfgang von Goethe

FSC
www.fsc.org
MIX
Aus verantwortungsvollen Quellen
FSC® C022120

5 4 3 2 1

ISBN 978-3-649-62451-1

Hafenweg 30, 48155 Münster

Text: Anna Herzog
Covergestaltung und Innenillustrationen:
Frauke Maydorn
Lektorat: Frauke Reitze
Satz: Helene Hillebrand
Printed in Slovakia

www.coppenrath.de

Das ebook erscheint unter der ISBN 978-3-649-63106-4.